Der Affe sieht nie seinen eigenen Hintern,
nur den der anderen!
- Afrikanische Weisheit

Ammar Aldudak
Darf ich vorstellen…

Das Tagebuch von Arman Migrationshintergrund

Bibliografische Information der Deutschen Nationalbibliothek: Die Deutsche Nationalbibliothek verzeichnet diese Publikation in der Deutschen Nationalbibliografie; detaillierte bibliografische Daten sind im Internet über http://dnb.dnb.de abrufbar.

© 2016 Ammar Aldudak
3. Auflage 2017

Herstellung und Verlag: BoD – Books on Demand, Norderstedt

ISBN: 978-3-7448-4087-3

Prolog

Ich heiße Arman Migrationshintergrund. Ich bin sechzehn Jahre alt und besuche ein humanistisches Gymnasium für Kritiker und Denker.

Meines Vaters Geburtstag und den seines Vaters kennt man als: Der Tag der Migranten. Seine beiden Brüder sind am Tag der Migranten geboren. Meine Cousins sind am Tag der Migranten geboren, sogar meine Mutter und meine Oma (verzeihen Sie bitte, dass ich den weiblichen Teil anspreche, ich mache es ganz kurz, schnell in einem Rutsch) und mit ihnen meine Schwester und meine andere Schwester, noch zu jung für unseren Kampf, wurden am Tag der Migranten geboren. Meine Cousins sind allesamt am Tag der Migranten geboren, ebenso viele meine Freunde wie Mustafa, Savas, Eddy und sogar Thorsten, gebrandmarkt mit seinem arabischen Vater, sind am Tag der Migranten geboren - und richtig, Sie haben es erfasst: Auch ich wurde am Tag der Migranten geboren. Alles, was mit dunklen Haaren und Namen mit vielen Konsonanten(Ünsal, Ömer) gezeichnet ist, gehört zu der Spezies, deren Geburt mit dem Titel "Tag der Migranten" geehrt wird.

Nun zu mir: Ich spiele Saz, also eine türkische Laute und… ähm das tue ich nur nebenbei, mein Hauptinstrument ist das Klavier, ein wohlbekannt europäisches Instrument(siehe Mozart)! Ich schreibe sehr gerne: Gedichte, Kurzgeschichten und Emails (heimlich aber Streitschriften gegen den Westen). Ich habe einen Thriller geschrieben, aber der ist, milde ausgedrückt, in veröffentlichungsunwürdiger Mittelmäßigkeit untergegangen. Außerdem mache ich Thaiboxen - Ich muss mich schließlich auch wehren können, denn, wie der türkische Premierminister(hoch gelobt sei er) schon treffend beschrieb: PEGIDA ist wie der IS. Was wenn einer der braunen Templer mir da draußen auflauert? Ein sehr, sehr weiser Mann, dieser Erdogan!

Ich komme aus einer streng muslimischen Familie. Ja, Sie liegen richtig mit Ihrer Annahme! Mit anderen Worten: Traditionell, Kopftuch und empört über Mohammed Karikaturen – kurz um: Äußerst Gefährlich! Um den Häschern des verruchten BKA zu entgehen, tarnen wir uns so gut es geht: Z.B. kocht mein Vater hin und wieder oder distanziert sich vom IS und der Burka. Eine weitere, sehr effektive Methode ist: Er trägt keinen Bart! Tja, jetzt ist es schwer uns zu enttarnen, was?

Wenn meine Englisch Lehrerin von möglichen Verbrechen der US-Regierung spricht (Gott bewahre dass es sie gibt!) dann schweige ich über Guantanamo und die Golf Kriege. Wobei, wie die NSA bestimmt schon festgestellt hat, stimmt das nicht so ganz. Tatsächlich wage ich es in seltenen Momenten, meine Meinung zu sagen. Aber dann stelle ich sofort klar: Je Suis Charlie!

Als ich klein war, hat mir mein Vater historische Romane in die Hand gedrückt, in denen es um europäische Geschichte ging. Insbesondere um englische Geschichte, am besten hat mir die Eroberung Englands durch William den Bastard gefallen – mhm es war, als hätte ich die Unterjochung Englands hautnah mit erlebt!   Warum ich die englische Geschichte kennen lernen sollte? Es ist gut für die Tarnung und außerdem sagt Mister Radikal immer: Du diese Leute kennen lernen, damit du sie mit ihren eigenen Waffen schlagen kannst!

Ich fasse mal zusammen: Migrationshintergrund Senior will mein Gehirn waschen, die NSA will doch nur die Welt retten, wir sollen alle mal realistisch bleiben, die Religionen sind böse, Mehmet braucht Onkel Hans um sich zu integrieren, ich soll am Tag der Migranten sterben und noch in fünfzig Jahren sollen Hasan und Ayse am Tag der Migranten geboren werden – darf ich vorstellen…

Mittwochmorgen,

Ethikstunde…

Der Vortrag verlief gut.

Mehr als gut.

Super.

Nein, ich glaube perfekt trifft es eher. In meinen Augen jedenfalls. Und in den Augen meiner Mitreferenten, Mustafa und Eddy.

So scheint es. Wir haben uns nicht ein einziges Mal getroffen, wie eigentlich von meinem Ethiklehrer, Herrn Integrationsbeauftragter, verlangt.

„Ich merke es, wenn Ihr euch nicht trefft! Und dann werde ich euch dementsprechend schlechter benoten!", waren seine Worte vor unserer Präsentation.

„Man merkt, ihr habt euch getroffen, die Präsentation zusammen aufgebaut und euch damit befasst. Jeder weiß, worum es in der Präsentation geht – und das ist sehr wichtig. Es geht nicht nur darum, ähm, dass man seinen Teil lernt und schnell hinter sich bringt. Ihr müsst euch auch mit dem Teil der anderen befassen! Deshalb, Leonard, um auf deine Frage zurück zu kommen, müsst ihr den Teil des anderen vortragen, wenn dieser fehlt. Ähm, und an dieser Gruppe merkt man, ähnlich wie bei der Platon-Gruppe, dass sie dazu in der Lage sind". Seine Worte nach unserer Präsentation.

Schwachsinn. Gut, ich könnte den Teil der anderen, aber meine beiden Partner…

Ich muss mich auf die Fragerunde konzentrieren. So ungern ich jetzt auch die größtenteils verzweifelten Versuche den

Vortragenden-ein-Bein-zu-stellen-Fragen beantworte, so muss ich da durch. Ungern vertraue ich hierbei meinen Kollegen. „Ja, Alina". Sie ist die dritte Meldung. Und die letzte.

„Ich habe das nicht ganz genau verstanden, wie war das…", ich unterdrücke ein Seufzen und beantworte ihre Frage, sie nickt und tut so, als würde sie wahrhaftig Interesse oder Neugier aufbringen, was ich durchaus bezweifele.

„Es ist so, stell dir das Pyramidenmodell von Aristoteles so vor, dass die einzelnen Stufen jeweils ein Stockwerk sind. Du musst jedes einzelnes erklimmen, um dann das letzte und wichtigste zu erreichen, die *philosophia* die 6. und höchste für den Menschen zu erreichende Stufe. Der Mensch kann nicht philosophieren, ohne vorher Erfahrung gesammelt und aus diesen Schlussforderungen für sein zukünftiges Handeln gezogen zu haben. Und wenn du nicht in der Lage bist, Wissen und Erkenntnisse anderer zu übernehmen und Zusammenhänge herzustellen, kannst du nicht philosophieren, denn nur wenn du jedes einzelne Stockwerk erreicht und gesehen hast, kannst du die Besonderheit des letzten bzw. höchsten Stockwerks beurteilen. Woher willst du wissen, was ein Blick auf eine wundervolle Landschaft und gleichzeitig das Meer bedeutet, wenn du nicht weißt, was es bedeutet keine freie Sicht auf alles zu haben? Du musst das Beschränkte kennen, um den Wert des Unbeschränkten zu verstehen. Gleichzeitig kannst du nur durch das Erreichen des letzten Stockwerks verstehen, was den unteren fehlt. Hast du das verstanden?". Sie nickt.

Ich bezweifele es.

Plötzlich höre ich Herrn Integrationsbeauftragter lachen. Ich runzele die Stirn. Alle wenden sich zu ihm um.

„Also ich finde das Klasse, wie du das machst, Arman!", lobt er.

Ich antworte nicht, denn er fährt fort: „Treppen…wundervolle Landschaft…woher nimmst du diese rhetorischen Mittel? Und auch dieses "Hast du's verstanden"…Da keiner verneinen wird, sieht es aus, als hätte jeder es verstanden, auch wenn es womöglich nicht so ist. Ich sehe da wirklich eine Karriere als Politiker. Arman Migrationshintergrund, der türkisch-deutsche

Bundeskanzler!", er merkt, dass der Witz bei den anderen nicht ankommt.

Ich habe mir nichts bei hast du's verstanden gedacht. Ich wollte nur vermeiden, dass jemand so tut als hätte er es verstanden und dann sich zu seinem Nachbarn wendet und mit einem künstlichen Lächeln klarmacht, dass er es nicht verstanden hat.

Denn sowas entgeht keinem, insbesondere nicht den Lehrern. Ich sage immer noch nichts. Ich lächele nur leicht.

„Das mein ich ernst", fügt er hastig und ein wenig ernster hinzu: „Du bist ein ziemlich guter Rhetoriker. Liest du Zuhause etwa sowas nach, oder kommt das spontan, also, ähm, schüttelst du sie quasi aus dem Ärmel?".

Aus den Augenwinkeln nehme ich die Reaktionen der Schüler wahr: Einige interessiert es nicht, andere schütteln grinsend den Kopf, wieder andere tuscheln hinter vorgehaltener Hand.

„Naja, Herr Integrationsbeauftragter, ehrlich gesagt habe ich besseres zu tun, als Zuhause Bücher nach irgendwelchen rhetorischen Floskeln zu durchsuchen!", erwidere ich mit einem breiten Lächeln. Es gefällt mir schon, was er mir da sagt. Wem würde es nicht gefallen?

„Ja, das hab ich mir gedacht", erwidert er mit einem Lachen.

Mir kommt ein unbequemer Gedanke. Ob ich ihm vielleicht Unrecht getan habe, als ich seine Arbeit als Lehrer in meiner Wertschätzung weit unten gestuft habe?

„Aber ich hätte eine Frage an dich, Arman".

Ah, jetzt beginnt es.

„Das Zitat, welches ihr am Ende eurer Präsentation vorgelesen habt. Könntet ihr das noch einmal vorlesen, und dann Stellung beziehen?".

Ich gehe zum Laptop(währenddessen rollt Mustafa mit den Augen) klicke zurück zur Folie und lese vor:

„Also steht die Tugend und ebenso auch das Laster in unserer Gewalt. Denn wo das Tun in unserer Gewalt ist, da ist es auch das Lassen, und wo das Nein, da auch das Ja. Wenn also das Tun des Guten in unserer Gewalt steht, dann auch das Unterlassen des Bösen; und wenn das Unterlassen des Guten in unserer Gewalt steht, dann auch das Tun des Bösen. Aristoteles"

„Wie siehst du das?".

Mustafa ist nicht der einzige, der genervt drein blickt und ich kann das durchaus nachvollziehen. Herr Integrationsbeauftragter scheint es nicht müde zu werden, seinen Unterricht auf ein Gespräch mit einem einzigen Schüler zu beschränken: Mich.   Ich brauche keine Sekunde zum Nachdenken. Das tue ich immer, während ich spreche. Erst Denken, dann sprechen ist eine Tugend, die ich leider nicht allzu sehr beherrsche: „Ich stimme ihm zu, und ich finde, dass das auch gut ist. Meiner Meinung nach, haben wir beides in uns – Gutes und Böses. Dazwischen können wir auswählen. Ich denke die Welt braucht keine Maschinen, die nach den Vorstellungen von dem Guten funktionieren. Dann wären wir keine Menschen, oder? Wir bräuchten einfach nur Roboter zu programmieren, und dann hätten wir den Frieden auf Erden. Aber ich will kein Roboter sein. Ich will selbst entscheiden wollen. Ich will auch nicht die Marionette irgendeines Gottes sein, auf dessen Fingerschnipsen hin ich funktioniere!", den Aspekt mit der Religion nenne ich mit Absicht, um auf seine nächste Frage einzugehen: „Ich will frei sein. Und Freiheit bedeutet für mich in dem Fall, selbst zu entscheiden, was das Gute und was das Schlechte ist. Wenn es nicht so wäre, dann wären wir keine Menschen! Wie gesagt: Wir sind keine Maschinen, die lediglich auf Knopfdruck funktionieren".

„Aber meinst du nicht, dass durch das Böse in sich ein Adolf Hitler die Ermordung von Sechs Million Juden rechtfertigen kann?".

Interessant ist, dass er keine Sekunde gezögert hat, bevor er diese Frage gestellt hat.

  „Nein, das glaube ich nicht!". Mich ärgert es schon seit langem, das die meisten im Zusammenhang mit dem Holocaust es immer so darstellen, als hätte Hitler alleine das Verbrechen am jüdischen Volk begangen. Als hätte er all die Kreuze auf den Stimmzetteln gemacht.

„Ich meine man muss es mal so betrachten, Hitler hat diese Sechs Million Juden nicht alleine umgebracht, sondern eine ganze Nation. Nicht er alleine trägt die Schuld, sondern ein ganzes Volk! Es war nicht das Böse in Hitler, welches als Begründung für dieses Verbrechen angesehen werden kann. Er wurde schließlich demokratisch gewählt, Herr Integrationsbeauftragter! Um das zu verstehen…".Das Lächeln auf seinem Gesicht ist verschwunden. Ich weiß nicht ob er meinen Blick bemerkt hat, aber plötzlich setzt er ein leichtes Lächeln auf. „…muss man sich zunächst die Umstände ansehen, unter denen das deutsche Volk zu der Zeit gelebt und vor allem gedacht hat. Außerdem glaube ich auch, dass die Unmündigkeit des Menschen, seine Unfähigkeit und Feigheit mal aufzustehen und zu sagen "Nein" große Schuld trägt. Aber nicht das Böse in einem Hitler. Ein Mann kann nicht alleine einen Völkermord begehen. Das Jüdische Volk hat in Europa schon immer gelitten. Die Leute haben nach einem Sündenbock gesucht, und den hat Hitler ihnen geliefert. Hitler war nur der Funken, der das Feuer dann letztendlich entfacht hat".

„…Funken…Feuer…einfach geil!"", lobt Herr Integrationsbeauftragter: „Gut, dann dürft ihr euch hinsetzten", erlöst er uns. Während ich meinen Laptop wieder einpacke, kommt er nach vorne und beginnt seine Unterlagen am Lehrerpult zu ordnen. Ich laufe gerade zurück zu meinem Platz, als er sagt: „Leute, ich weiß, nächste Woche bin ich zwar dran mit meiner Rene Descartes Präsentation, aber die werden wir auf die Stunde nach der Arbeit verschieben". Der Lärmpegel steigt augenblicklich an, Mustafa ruft lachend: „Ja, wir kriegen für jeden Tag den wir uns verspäten einen Punkt Abzug, und Sie halten nicht einmal!".

Einige lachen. Ich setze ebenfalls ein Grinsen auf und rufe etwas zu seiner Unterstützung.

„Ja dafür kommt er auch nicht in der Arbeit dran, Musti…"

„Ich heiße Mustafa".

„…also seid doch froh! Ich würde die Zeit lieber nutzen, um euch auf die Arbeit vorzubereiten…"

„Ich heiße trotzdem Mustafa".

„…uns läuft schließlich die Zeit davon. Nächste Woche entfällt schließlich, und dann müssen noch zwei Gruppen präsentieren, und dann schreiben wir schon unsere Arbeit".

Ich berühre Mustafa am Arm: „Digga, bleib ma ruhig, Mann!", flüstere ich ihm zu.

„Das ist so ein Pisser man, der sagt absichtlich meinen Namen falsch und ignoriert mich jetzt!", zischt er zurück.

„Scheiß drauf, man. Der will dich provozieren, also bleib ruhig. Der hat das jetzt schon verstanden".

Herr Integrationsbeauftragter sagt noch ein paar Sätze, aber ich höre ihm nicht mehr zu. Stattdessen blicke ich zur Uhr. Sie hängt gleich hinter ihm, auf der rechten Seite der Wand.

Der große Zeiger ist zwischen 12 und 1.

Die Uhr ist weiß. Ich tippe auf eine billige, womöglich aus dem Globus in Dutenhofen. Falls die da natürlich Uhren verkaufen.

„Ja Leute, freut euch doch! Weniger Stoff in der Arbeit…".

Jedenfalls ist sie weiß. Ich denke nicht, dass sie besonders widerstandsfähig ist. Die Ziffern sind schwarz, ebenso die kleinen Striche zwischen ihnen und die Zeiger. Schwarz und weiß, sonst keine Farbe. Bis auf den winzigen Punkt in der Mitte, der ist rot.

Der große Zeiger hat beinahe die Eins erreicht.

„…so, ich würde aber jetzt gerne mit euch etwas anderes machen", verkündet Herr Integrationsbeauftragter.

Mit einem leisen Seufzen bringe ich mit letzter Kraft ein wenig Konzentration auf. Er gibt einen Stapel Zettel rum: „Wir haben ja schon paarmal über den IS gesprochen…", ich rolle mit den

Augen: „…und hier ist ein Artikel von Ahmad Mansour, einem ehemaligen Salafisten, der über ihre Psychologie spricht".

Der Stapel erreicht mich, ich nehme mir eins und gebe es gleich weiter. Ich werfe einen einzigen Blick drauf und weiß, dass ich den Text nicht lesen werde.

„Ich habe euch ja von dem Fall an einer Schule in Frankfurt erzählt, wo ein Freund von mir arbeitet. Und das ist schon ziemlich krass, ich meine da haben zwei Schüler die Schule verlassen, und, ähm, sind plötzlich verschwunden, um für den IS zu kämpfen! Und, ähm, das Unglaubliche daran ist, dass es sich um eine moderne Familie handelt…", ich muss mich zurückhalten, um bei dem Wort "modern" nicht aufzulachen: „…bei der man eigentlich sagen würde, dass sie, ähm, integriert sind. Die Familie kann sich einfach nicht erklären, wie das passieren konnte!", er macht eine kurze Pause. Es scheint, als würde unter meiner Gesichtshaut ein Feuer gelegt werden. Er steht jetzt auf und deutet auf Mustafa, Eddy und mich: „Wir haben ja drei Muslime in unserem Kurs und mich würde ehrlich gesagt interessieren, ob, ähm, ihr privat mit diesem Thema konfrontiert seid. Also natürlich nur, wenn das, ähm, euch nicht zu persönlich ist".

Ich melde mich, kaum hat er zu Ende gesprochen.

„Ähm, ich würde sagen, dass wir einfach bei Mustafa anfangen und dann so weitergehen".

Ich nehme meine Hand wieder runter. Kein Problem, ich kann auch warten.

Mustafa beginnt zu reden: „Also, bei mir und in meinem Umfeld war das ehrlich gesagt nie ein Thema. Sie wissen ja, ich bin von der Ahmadiyya Gemeinde, und wir plädieren ja immer für den Frieden…".

„Und die anderen Gemeinden nicht oder was?", falle ich ihm grinsend ins Wort.

Er kann sich ein leichtes Lächeln auch nicht verkneifen, während er unbeirrt fortfährt: „…und sind ganz klar gegen IS und so.".

Herr Integrationsbeauftragter nickt: „Hm, okay. So Arman, bitte".

„Ich verstehe Ihre Frage nicht ganz", erkläre ich: „Könnten Sie vielleicht etwas präziser sein?".

„Gerne werde ich ein wenig präziser!", entgegnet er: „Wie begegnet man dem Thema in euren Familien und Gemeinden? Kennt ihr das auch privat, also, ähm, diese starke Sympathie mit dem IS?".

„Also ich möchte erst einmal folgendes sagen: Das hat weder was mit dem Islam zu tun, noch mit modern, den verschiedenen Gemeinden, noch sonst was. Der Islam bezieht ganz klar Stellung, was das Ermorden von anderen Menschen anbelangt, nur weil diese nicht dieselbe Weltanschauung teilen. Und das egal ob man Ahmadiyya ist, Sunnit oder Schiit. Ich war in den Ferien in der Türkei, in Diyarbakir. Mein Opa, ist alles andere als das, was Sie als modern", ich kann nicht anders, als das Wort höhnisch auszuspucken: „bezeichnen würden. Er ist 100 Prozent konservativ, betet fünfmal am Tag und liest jeden Tag im Koran. Sprechen Sie ihn mal auf IS an, der wird Ihnen dann eine Antwort geben, die Sie sprachlos macht", ich sehe dabei auf meinen Tisch und nur gelegentlich zu Herrn Integrationsbeauftragter.

„Ich verstehe auch nicht, wieso ständig die Rede von Salafisten ist, wenn der Islam angesprochen wird.".

„Ja ganz einfach", erklärt er: „Weil die Salifsten-Problematik aktuell ist".

Ich winke ab: „Ständig nur Salafisten oder Terroristen. Ich wette, keiner von uns weiß, was der Islam überhaupt ist. Das einzige, was alle immer wissen, und worüber alle reden wollen, sind irgendwelche Salafisten, wie Pierre Vogel, die mit ihrem bescheuerten Gerede Geld verdienen. Deshalb werde ich diesen Text auch nicht lesen! Schon früher war das so, in der achten, neunten und zehnten Klasse – einziges Thema waren die Salafisten und der Terrorismus. Und das finde ich wirklich traurig! Wäre es nicht produktiver, wenn wir erst einmal versuchen den Islam zu verstehen?".

„Hier, Arman, jetzt leg mal eine Pause ein und beruhig dich. Das stimmt nicht so ganz, was du da sagst!".

So ganz. Also ist da doch ein Fünkchen Wahrheit in meinen Vorwürfen. Doch um weiter darüber nachzudenken bin ich zu wütend. Seit Wochen hören wir Andeutungen, unterschwellige Seitenhiebe.

Und ich habe es satt. Es ist nicht nur er, von meiner Schwester und vielen anderen höre ich ähnliche Probleme mit anderen Lehrern.

„In der 10.Klasse ist im Lehrplan nicht einmal der Islam als solcher eingeplant. Da geht es mehr um Glück bzw. Glückseligkeit, zum Beispiel.".

Umso bedenklicher, dass seltsamerweise trotzdem über den bösen Islam gesprochen wird, oder? „Und ich würde an dieser Stelle gerne das ganze beenden!". „Herr Integrationsbeauftragter, ich möchte das aber nicht beenden. Sie haben uns gefragt, und hier haben Sie Ihre Antwort, wieso unterbrechen Sie mich? Wir hatten beim Herrn Wippman Unterricht in der 10.Klasse und, das können einige hier bezeugen, worüber haben wir ständig gesprochen? Richtig, Islam, und zwar über seine angeblichen Menschenrechtsverletzungen, welche Herr Wippman uns präsentiert hat und…". „Das ist ja gut möglich…".

„Herr Integrationsbeauftragter, könnten Sie bitte aufhören mich zu unterbrechen?".

„Nein". Ich sehe ihn verwundert an.

„Wie bitte? Also lassen Sie mich nicht ausreden?".

„Nein", antwortet er. Totenstille herrscht in der Klasse.

Ich glaube, meine Wut ist mir im Gesicht anzusehen, denn solch abruptes Abwürgen eines Schülers würde eigentlich zu vereinzelten Lachern oder mindestens Grinsen führen.

Diesmal nicht.

Dann meldet sich Kirsten. Herr Integrationsbeauftragter nimmt sie dran: „Arman, vielleicht solltest du ihn einmal ausreden lassen, bevor du dasselbe von ihm verlangst!".

„Also Herr Integrationsbeauftragter…", ich entscheide mich dafür, sie einfach zu ignorieren: „…ich finde Ihr Verhalten ziemlich respektlos. Ich wünsche mir auf jeden Fall ein Gespräch".

„Gerne".

„Sie geben ständig Kommentare ab, was mich langsam nervt! Schon letzte Woche, als Leon in seinem Referat über das Christentum gesagt hat, dass die Frauen früher in dieser Religion einen niederen Stellungswert haben, und ich sagte, dass ich in der trockenen Begründung „Sie haben sich um den Haushalt gekümmert" das nicht erkenne, haben Sie angefangen von der Seite zu lachen und gesagt: Ja, war ja klar, dass das von dir kommt, ohne mir mal zuzuhören. Er hat nichts von Zwängen gesagt, welche es gegeben hat, und deshalb hat mir als Zuhörer die Begründung gefehlt. Nur weil eine Frau den Haushalt führt, heißt das noch lange nicht, dass sie unterdrückt wird".

„Ach Arman, als ob du anders denkst.".

„Wie meinen Sie das?".

„Deine Mutter arbeitet doch auch nicht, sondern ist Zuhause, während dein Vater arbeitet, oder?".

Ich starre ihn einen Moment lang an. Meine Hände zittern vor Wut. Ich habe das Gefühl, dass unter meiner Haut ein Feuer lodert. Doch ich reiße mich zusammen.

„1. Geht Sie das nichts an. 2. Wissen Sie ganz genau, dass meine Mutter sich mit Gesundheitswissenschaft befasst hat, und ihr Islamologie Studium abgebrochen hat, weil wir Zuhause ein Kleinkind haben. Keiner in meiner Familie zwingt meine Mutter Zuhause zu bleiben!".

„Ja aber komm, sei mal ehrlich. Dein Frauenbild ist klar von meinem zu unterscheiden!".

Ich beiße einmal mit den Zähnen hart aufeinander, dann öffne ich ein letztes Mal den Mund: „Wissen Sie, Sie haben einmal diese Grenze überschritten. Sie haben mir vorgeworfen, ausländische Mädchen zu verachten, sobald sie einen Deutschen als Partner nehmen. Ich habe Sie darauf aufmerksam gemacht, dass Sie meinen Vater kennen und wissen müssten, aus was für einer Familie ich komme. Dann haben Sie gesagt, mein Vater hätte doch auch eine ausländische Muslimin geheiratet. Damals habe ich nichts gesagt. Aber jetzt reicht es mir. Wenn Sie es nicht verstehen wollen, dann kann mein Vater es Ihnen besser erklären.".

„Ja, gut!", antwortet er. Der Ekel, welchen Sartre so gut beschrieben hat, ist so stark, dass mir fast entgangen hätte, was für eine Wirkung mein letzter Satz hatte.

„Die Zeit ist um, deshalb bitte ich euch den Text Zuhause als Hausaufgabe zu lesen.".

Interessant, wie schnell die Zeit dann doch vergangen ist.

„Ich werde ihn nicht lesen", verkünde ich.

„Ich wünsche euch noch eine schöne Woche", entlässt er uns.

Ich packe meine Tasche und ziehe meine Jacke an – aber alles mit langsamen Bewegungen, denn ich will nicht, dass er glaubt, dass ich ihm aus dem Weg gehen würde. Dann stampfe ich an ihm vorbei.

„Junge…!", fange ich zu fluchen an, kaum dass wir den Raum verlassen haben, als mich jemand plötzlich am Arm berührt. Ich drehe mich herum, es ist Kirsten.

„Arman, was war denn da drin los?". Ich sage nichts, denn ich weiß was sie sagen will. Vor Zwei tagen noch hatten wir in Geschichte über Herr Integrationsbeauftragter gesprochen. Da hatte sie mir gesagt, dass sie seinen Unterricht nicht leiden kann, und es ihr gewaltig auf die Nerven geht, dass er ständig mit mir diskutiert.

„Er will dich als provozieren, hab ich das Gefühl", hatte sie gesagt.

Ob Mustafa oder Kirsten, mir ist es egal, mit wem ich fluche. Hauptsache ich mache meinem Ärger ein wenig Luft.

„Was sollte das eben eigentlich? Du bist so respektlos ihm gegenüber!".

Ich sehe sie einfach nur an. Ich spüre nicht einmal das Verlangen, irgendetwas zu erwidern.

„Hallo, er ist dein Lehrer! Er ist eine Respektsperson!". Nur das Bedürfnis, mich zu übergeben. Ja, das ist ziemlich stark, es droht sogar Überhand zu gewinnen.

Wie kann man sich erst darüber beschweren, dass der Lehrer einen selbst unterbricht und immer diskutiert? Und dann, wenn die betreffende Person dabei ist, sich für ein paar Noten verkaufen?

In dem Moment packt mich Mustafa und zieht mich weiter.

„Komm Digga, lass schon mal unsere Sachen ablegen". Ich bin ihm dankbar. Er hat die Situation entschärft, indem er mich mit sich zerrt und damit vermeidet, dass ich ausflippe und Herrn Integrationsbeauftragter einen Beweis für sein beschränktes Menschenbild gebe.

„Verdammt nochmal…", ich verschaffe meinem Zorn ein wenig Luft.

16

„Beruhig dich mal, Digga!"", raunt Mustafa mir zu: „Aber du hast Recht! Junge wenn Enissa dumme Sachen sagt oder ihm als widerspricht, sagt er nichts, aber bei dir direkt so 'ne Scheiße!". Ich erwidere nichts.

„Junge die sind alle so islamfeindlich!", schimpft Mustafa.

„Weißt du noch mit Frau Toleranz?"", fragt Eddy: „Die hat uns auch als was unterstellt und mit uns diskutiert! Wir wären homophob und sowas. Dabei hast du gesagt, dass du nichts gegen schwule hast, die von Geburt an so sind, aber was gegen jene, die nach Jahren ihre Familie verlassen und sich "neu finden". Alex war es, der gesagt hatte, dass er alle schwule hasst – aber mit wem hat sie sich beschäftigt? Mit dir!".

Ich schweige. Das Geschehene verbreitet sich, als wir Mustafas Bruder und den ganzen Rest sehen.

„Meine Schwester hat auch schon erzählt, dass er so seltsame Texte und so immer verteilt", berichtet einer: „Aber das der so ein Typ wäre…".

Dann beginnen die anderen von Vorfällen mit anderen Lehrern zu erzählen.

2 Stunden später…

Endlich ist die vierte Stunde zu ende. Ich stehe auf, ziehe meine Jacke an und verlasse das Klassenzimmer. Ich bin gerade beim Sekretariat angekommen, als mir Mustafa über den Weg läuft.

„Geh schon mal vor", fordere ich ihn auf.

„Wieso?".

Hey:) Herr Integrationsbeauftragter will dich sehen, du sollst in der zweiten großen Pause bitte vor's Lehrerzimmer gehen. Er will das so nicht stehen lassen, hat er gesagt, deshalb will er mit dir reden, hatte Alina mir vor einer Stunde geschrieben.

„Was los?", fragt Mustafa.

„Herr Integrationsbeauftragter will mich sehen", ich bedeute ihm, schon zu unserem üblichen Platz, den Heizungen, zu gehen: „Mal sehen, was er zu sagen hat!".

„Hä, wie er will dich sehen?".

„Alina hat mir geschrieben, dass er das nicht so stehen lassen will", erkläre ich ungeduldig.

„Warte ich komm…", doch ich unterbreche ihn: „Nein! Ich rede alleine mit ihm".

Ich drehe mich um und laufe die Treppen hoch. Vor der Tür zum Lehrerzimmer begegne ich meinem ehemaligen Erdkundelehrer, Herrn Dutch.

„Arman", spricht er im Assi-Slang und gibt mir die Faust. So tun wir es mit ihm schon seit immer.

„Herr Dutch, gucken Sie mal bitte, ob der Herr Integrationsbeauftragter drin ist".

„Okay, mach isch", sagt er und verschwindet. Kurze Zeit später verneint er. Also muss ich warten. In meinem Kopf spielen sich die verschiedensten Szenarien ab.

Aber ich weiß, welche sich bewahrheiten wird.

Es dauert weitere zehn Minuten – Es ist meine Pause, die gerade draufgeht. Dann kommt er die Treppe hoch. Ich lege eine Hand ums Geländer.

„Herr Integrationsbeauftragter, Sie wollten mich sprechen?".

„Ja, Arman! Ich wollte mich bei dir entschuldigen".
Ich weiß.

„Ich habe meine Grenze überschritten! Wie dein Frauenbild ist oder was bei dir Zuhause sich abspielt, geht mich nichts an. Außerdem weiß ich, dass du ein offener Mensch bist!".

„Ich muss mich dafür entschuldigen, dass ich die Beherrschung beinahe verloren hätte", zwinge ich mich zu sagen. So oder so ist seine Entschuldigung ein Zeichen von Stärke, dem man Respekt zollen muss.

„Aber", fahre ich fort: „Das ging mir wirklich zu weit! Und es ist nicht das erste Mal, schon als Mustafa und ich uns darüber beschwert haben, dass Sie Enissas dumme Beiträge ernst nehmen, während Sie das bei Dimitri nicht tun, haben Sie gesagt, wir würden nur was gegen sie haben, weil sie als Ausländerin mal gesagt hat, dass sie sich einen deutschen Bräutigam wünscht – Das ist doch lächerlich, Herr Integrationsbeauftragter! Gehen Sie in die Klasse und fragen Sie mal die deutschen…", ich betone das Wort: „…Kinder, was die von Enissa halten – die werden Ihnen dasselbe sagen!‘‘.

„Okay, wie gesagt, es tut mir Leid, das wird nicht mehr vorkommen. Du hast bestimmt Recht, dass die Leute meist nur über Salafisten und so was reden. Ich würde in Zukunft ganz gerne mich mit dir mal hinsetzen und über alles reden, also was ist der Islam oder wie geht man an ihn ran, bevor wir das dann zusammen der Klasse vorstellen!‘‘.

Ich weiß, dass das nie passieren wird. Außerdem warum ich? Ich bin kein Theologe, an denen es nebenbei bemerkt auch keinen Mangel herrscht.

„Also nochmal, es tut mir wirklich Leid! Wir haben eben alle diese Momente, in denen wir Scheiße bauen‘‘.

Irgendwie flaut mein Ärger ab. Er entschuldigt sich und das sei ihm hoch angerechnet. Es klingt zwar sehr einfach, aber sich zu entschuldigen ist oft sehr schwer. Für mich zum Beispiel.

„Ich entschuldige mich auch‘‘, wiederhole ich. Er hält mir die Hand hin: „Alles korrekt zwischen uns?‘‘.

Immerhin ist er so gütig, die zwei "r" zu rollen und so mir das Gefühl zu geben, dass er für mich da ist. Er macht das immer, sucht sich Wörter wie *korrekt* oder *Azzlacks*, weil ich Teil einer besonderen Spezies bin, die ihn anders nicht verstehen kann. Mir kommen die Worte unseres ehemaligen Mathelehrers und gleichzeitig Mittelstufenleiters in den Sinn:

„Tja, wenn ihr nichts erreicht, dann endet ihr alsIntegrationsbeauftragter‘‘.

An unseren Akademien wird eben ein hoher Wert auf Professionalität gelegt – ist doch nichts dabei, in Anwesenheit von Schülern abfällige Bemerkungen über seine Kollegen zu machen.

„Alles gut‘‘, erwidere ich und drücke seine Hand.
Dann drehe ich mich um.

Bei den Heizungen angekommen, berichte ich.
„Nur weil ich gesagt hab, Sie können das ja mit meinem Vater klären. Der weiß ja, wer mein Vater ist‘‘. Alle lachen.
„Was ein H…‘‘.

„Hey!", unterbreche ich: „Jungs, trotzdem, er hat sich entschuldigt. Das ist ein Zeichen von Stärke und das macht nicht jeder!".

„Ja, bei dir! Aber was tut er bei Schülern, die nicht diskutieren können?", murmelt Mustafa.

Auf jeden Fall beleidigt er sie nicht, so viel steht fest.

Donnerstag

Auf dem Weg nach Hause…

„So ein schlechter Film!", erzählt meine Schwester: „Till Schweiger war natürlich der Held – und der Türke ein Betrüger!".

„Und wieso hast du das deinem Lehrer nicht gesagt?". „Hab ich doch!", erwidert sie: „Aber seine Bemerkung war: Ja, dadurch kann man Vorurteile aufheben – außerdem werden die ja am Ende immerhin Freunde!".

Eine rührende Geschichte – der Türke wird der Freund vom Deutschen. Immerhin ein Erfolg – für den Türken.

Freitag

Ich genieße die Ruhe. Wir haben erst zur zweiten Stunde Unterricht, gerade hat die erste begonnen, so dass es ruhig ist. Peter packt gerade Schokocroissants auf ein Tablett, dass er auf seiner langen Tischreihe lässt. Er führt einen Kiosk an unserer Akademie. Seit meiner Einschulung in der fünften Klasse ist er da. Normalerweise hätte ich ausgeschlafen. Was heißt ausschlafen, es wären aller höchstens dreißig Minuten mehr geworden, aber das ist der Punkt – kostbare dreißig Minuten. Das Problem mit der Schlaflosigkeit wäre einfacher zu lösen, würde ich einfach mal früher ins Bett gehen. Aber genauso ist es mit der Kinderarbeit: Würden wir einfach mal weniger Kleidung kaufen.

Halb so schlimm – ich will früher kommen.

Warum?

Weil…

Oh nein. Katharina trottet heran.

…nein, nicht ihretwegen.

Ich lasse vorerst die Kopfhörer im Ohr. Vielleicht setzt sie sich ja wo anders hin. Oder vielleicht verhält sie sich so, wie sie über mich denkt. Vielleicht hört sie selbst Musik.

„Hi".

Oder auch nicht.

„Hey", erwidere ich automatisch. Ich hasse das Wort Hey. Nicht das Wort selbst, sondern es auszusprechen. Aus meinem Mund klingt das irgendwie seltsam. Sie setzt sich zu meiner linken und zieht ihre Jacke aus. Katharina ist anziehend. Ihr Körper verspricht Spaß. Mehr aber auch nicht.

„Ich hab am Wochenende Herrn Zwerg und Herrn Riesig gesehen!", verkündet sie. Das ist es, es sind immer dieselben Themen. Ich antworte aber, denn ich habe mit Mädchen die Erfahrung gemacht: Je schlechter du sie behandelst, umso aufdringlicher werden sie.

„Ach ja?", frage ich. Sie nickt. Dann wartet sie.

„Wo denn?".

„Auf der Kirmes!".

„Okay". Dann sehe ich wieder vor mich hin. Doch sie lässt nicht locker.

„Warte, ich zeig dir ein Bild…", verkündet sie die frohe Botschaft und durchforstet die heiligen Hallen ihres Smartphones. Ich spiele mit dem Gedanken, einfach eine Flasche Wasser drüber zu gießen. Es würde mit Vatermord gleich kommen, womöglich würde sie vor Schock starr werden – wie im zweiten Harry Potter Film, als Schüler dem Basilisken in die Augen sehen. In diesem Fall ist der Basilisk die Wasserflasche und der Auslöser ein Kurzschluss des Smartphones. Dann würde sie schreien.

„Hier!", sie hält mir ihr Handy hin. Sie steht zwischen den beiden hoch professionellen Lehrkräften und hat die Arme um sie gelegt. Ich richte mein Augenmerk auf sie. Aufgetakelt, die Lippen blutrot, die Haare im Nacken zu zwei Strömen getrennt und jeweils über das hohe Gebirge unterhalb ihres Kinnes geleitet – um die Schultern die Arme zweier Lehrer. „Tolles Bild".

Bevor sie noch irgendetwas sagen kann, wechsele ich das

Thema: „Warst du eigentlich bei diesen Hochschulinformationstagen?".

Sie nickt heftig: „Ja, in Tiermedizin und Tsychologie".

„Wo warst du?".

„Tiermedizin und Tsychologie", wiederholt sie irritiert. Ich weiß zwar nicht, was *Tsychologie* ist, aber gehen wir der Sache mal auf den Grund. „Und?".

„Also...", sie schlägt ein Bein übers andere: „... Tiermedizin ist glaube ich nichts für mich – die verlangen einen NC von 1,3!". Ich schlucke. Vielleicht sollte ich mal nachsehen, was ich eigentlich studieren möchte, und was ich studieren *kann*. Ich glaube ich sollte eine lange Liste machen, von zehn Möglichkeiten wird eine bestimmt möglich sein!

„Und das schaff ich nie und nimmer! Ich glaube, dafür bin ich zu blöd!". Ich weiß, dass sie hören will, dass sie es doch schaffen kann und nur an sich glauben muss, nur um dann zu sagen „Wirklich, meinst du, also ich weiß nicht"... Ich kann einfach nicht wiederstehen: „Versuch's doch, wenigstens!".

Sie schüttelt den Kopf: „Nein, dann verschwende ich nur meine

Zeit! Lieber mache ich dann Tsychologie. Dafür gibt's zwar auch einen NC, aber...", sie beginnt mir von einer Methodik zu erzählen, mit der man den eigenen Schnittpunkt ein wenig verbessern kann. Ich höre nicht ganz zu, aber so langsam begreife ich, was sie mit Tsychologie meint. Glaube ich, zumindest.

„...also meine Freundin, die Lina, wollte auch Tsychologie studieren!". Die Augen weit aufgerissen, ein kleines Lächeln, der Oberkörper ein wenig vorgebeugt und die Hände in einer fassungslosen Geste erhoben – vielleicht handelt es sich bei der Freundin ja um eine skrupellose Serienmörderin, die gerne... ich versuche mich zu konzentrieren.

„Nein!", gebe ich übertrieben schockiert zurück. Aber es fällt ihr kaum auf.

„Doch! Und da hab ich sofort gesagt, dass sie sich lieber etwas Realistischeres suchen soll!", ich hasse dieses Wort "realistisch": „... ich meine die hat viel zu viele eigene

Probleme! Die heult immer gleich, wie soll sie denn sich mit den Problemen anderer Leute befassen?". „Ja, stimmt".

„Wobei", fügt sie an: „es ja oft gesagt wird, dass Tsychologen selbst viele Probleme haben und daran kaputt gehen".

„Wäre schlecht für die Patienten, wenn der Arzt plötzlich wegfällt".

„Ich weiß sogar schon, was ich tragen werde, wenn ich Tsychologin werde!". Ruhe in Frieden, lieber Konjunktiv. Wieder einmal beugt sie sich über ihr Smartphone und ich genieße diese kostbaren Sekunden der Ruhe.

„Hier". Auf dem Foto sitzt sie auf einem Stuhl, die langen Haare sind hochgesteckt. Sie trägt einen schwarzen, kurzen enganliegenden Rock, dunkle, aber durchsichtige Strumpfhosen und eine Bluse mit einem tiefen Ausschnitt. Ihr Gesicht ist voll geschminkt, der Blick einladend.

„Nicht schlecht, aber ich glaube, du solltest vielleicht etwas anderes anziehen", in dem Moment kommt Julian und fragt neugierig: „Was zeigst du ihm da?". Sie reicht ihm ihr Handy und sieht mich mit gespielter Verwunderung an: „Wieso was anderes?".

„Weil, die Patienten dir dann nur noch zwischen die Beine gucken werden, statt dir zuzuhören". Sie spielt Empörung.

„Ja ich werd' ja nicht breitbeinig…", sie demonstriert es mir: „…da sitzen!".

„Was meinst du, Julian", frage ich an ihn gewandt: „sieht das nach einer Tsychologin aus?". Er wiegt den Kopf: „In einem Pornofilm schon, ja!".

„Sa'ma", "Sag mal" meint sie damit: „was wollt ihr denn mit eurem Porno! Das Kleid ist genau passend".

Alena lässt ihre Tasche fallen und ergänzt unsere Denkers Runde: „Was ist denn los?".

„Die beiden finden, dass mein Tsychologie-Anzug nicht passt!". Alena sieht sie fragend an: „Was für ein…?". „Ay, der hier!", fällt Katharina ihr ins Wort und zeigt ihr das Foto.

„Naja, Katha…".

„Ach, ihr habt doch alle keine Ahnung!".

Das Gespräch wird auf ein Mädchen aus unserem Tutorenkurs gelenkt.

„Die Sharen ist schon seltsam!", meint Katharina: „Ich meine, ich habe ihr doch nur die Wahrheit gesagt, oder Leni?". Alena (Leni) stimmt ihr zu. Den Teil mit "Was ist denn passiert" überlasse ich Julian. Bereitwillig erzählt Katharina davon.

„Also Katha, du bist schon ein wenig hart!", meint Alena. „Aya, ich bin halt ehrlich. Ich sage, was ich denke!", brüstet Katharina sich.

Unfassbar, wie gut sich die Menschen selbst was vormachen können– ich eingeschlossen: Ich habe mir wirklich einmal eingeredet, ich wäre das Problem.

„Ja, aber das kann man auch auf eine andere Weise sagen, du machst einfach wumm", sie macht eine Schlagbewegung. Katharina sieht mich an, aber ich bin still. Das behaupte ich auch immer von mir – naja, von nun an nicht mehr. „Ich meine, ihr Verhalten nervt mich mittlerweile so richtig! Sie meckert ständig über alles und sowas! Ich habe keine Lust darauf so zu tun, als ob nichts wäre!".

Wie das Zufall es will, stößt Sharen in dem Moment zu uns. Sie schlurft mit den Füßen und der Rücken ist von der Last ihres 17 jährigen Lebens gebeugt. Sie kann kaum die Augen offen halten und lässt sich müde auf einen der Stühle fallen: „Hi, Leute", ihre Stimme ist beinahe schleppender, als die meines sechzig jährigen Mathelehrers. Aber das Gesicht glänzt vor hundert Kilo Benefit.

„Hi, Sharen!", grüßt Katharina sie herzlich: „Wie geht's dir? Wie läuft's mit dem Führerschein?".

Ich stecke mir die Kopfhörer ins Ohr. Noch länger ertrage ich das nicht. Immerhin haben wir ab heute Weihnachtsferien. Was bedeutet: Nicht mehr früher kommen und kein Klavierunterricht – Ja!

Samstagabend

Nach der Arbeit in der Wohnung von Mister Fanatiker… Von der Arbeit direkt hier her. Ich habe Platz genommen, anfangs lustlos, dabei auf die Uhr starrend. Mein Vater, Mister

Nasreddin , mein Onkel, Mister Professor, Mister Fuchs und sein kleiner Bruder Mister Unbedeutend, sowie der Hausherr Mister Fanatiker fangen plötzlich an, über Geschichten aus ihrer Kindheit zu sprechen.

Und die sind immer verdammt lustig!

Ein Beispiel ist heute Haci Profispieler. Haci wird immer dann jemand genannt, wenn er oder sie die Pilgerfahrt nach Mekka angetreten hat. Jedenfalls geht es darum, dass Mister Fuchs als Kind oftmals vom einige Jahre älteren Haci Profispieler verhauen wurde – es aber trotzdem nicht lassen konnte, ihn aufs Neue zu provozieren.

„Er konnte nie verlieren!", erklärt mein Vater lachend

„Wem sagst du das!", entgegnet Mister Fuchs grinsend: „Er konnte nie Fußball spielen, hat aber so getan als könnte er es", er wird beinahe rot vor Lachen. Es ist oftmals so – man steigert sich rein, erzählt mehrere Geschichten, so dass allein das erneute Durchleben der Erinnerung ausreicht, um während des Gesprächs zu lachen.

„Er hatte wieder einmal mir und meinem Bruder befohlen", er lacht bei dem Wort: „zu zweit gegen ihn alleine zu spielen. Ihr seid zu jung um es mit mir aufzunehmen, hat er gesagt", ich kann auch nicht mehr an mich halten und fange an zu lachen. Ich war zwar nicht dabei, kann ich mir aber durchaus seine Mimik vorstellen.

„Wir haben natürlich niederschmetternd hoch gewonnen!", alle lachen: „Und dann saßen wir im Wohnzimmer. Er mit dem Rücken zu uns und wir beide, klein und übersäht mit blauen Flecken, als ich plötzlich angefangen habe zu grinsen". Ich kann nicht mehr. Mir kommt das Bild eines kleinen Mister Fuchs mit kurzen Hosen, Kappe und einem frechen Grinsen, das zwei ausgeschlagene Zähne entblößt. Mit dem Rücken zu ihm der massige Haci Profispieler.

„Und er hat immer damit angegeben, dass er mal zu einem Training für eine richtige Mannschaft eingeladen worden wäre – also hab ich gefragt: Hey Profispieler, wieso haben die dich nochmal nicht genommen?". Der Gedanke an den darauffolgenden Ausbruch von Haci Profispieler und einen heulenden, aber gleichzeitig kleinen, frech kichernden Mister

Fuchs erwirkt schallendes Gelächter. Ich glaube unsere lauten Stimmen und dazu die Mischung aus Türkisch und Zaza lassen die Nachbarn unter uns fluchen. Die Wände sind dünn, es ist eines der ältesten Wohnhäuser der Nordstadt. Aber darum zu bitten etwas leiser zu sein? Nein, das wäre lebensmüde. Und die Polizei rufen – auf die hört ja sowieso niemand.

Nach ein paar weiteren Geschichten (eine ist besser als die andere) wirft mein Vater plötzlich folgendes in den Raum: „Ihr könnt sagen was ihr wollt, meine Freunde, aber Merkel lässt die Welt tanzen!".

Langsam kehrt Ruhe ein, und als alle schweigen, fährt Baba fort: „Selbst Obama guckt zu! Ganz Europa weint, während Deutschland in der Mitte aufragt! Sagt Made in Germany und alles ist geregelt, dann steht die Welt still!".

Mister Nasreddin: „Genau! Ihre Technik, ihre Waffen – alles!".
Mister Fanatiker wendet ein: „Yau, aber die Frau ist wie ein Stein! Unserer ist lebendig, voller Emotionen – diese Frau hingegen…". Mein Vater unterbricht ihn mit einer abwehrenden Geste: „Der schreit ein bisschen rum, spielt Rambo, damit unser Blut ein bisschen kocht und wir alle aufgeregt sind, mehr nicht!".

„Moment mal!", ruft Mister Fanatiker in einem sarkastischen Ton: „Es gibt ein Bild, auf dem Merkel zu Erdogan schaut – und zwar mit einem verehrenden Ausdruck!". Einige lachen. Ich bin mir nicht so sicher, ob das zu 100 Prozent im Scherz gesagt war.

Mein Onkel fügt sarkastisch hinzu: „Bald bringen wir auch Autos raus!". Mister Fuchs lacht.

Mister Nasrettin stöhnt auf: „Uff! Halt du einfach die Klappe!". Baba stimmt ihm zu: „Diese Leute bringen Züge raus, die über den Gleisen schweben und du sprichst von Autos!".

„Ich sage nur 2023", scherzt mein Onkel.

Mister Fanatiker meint dann: „Ja aber guck dir doch mal die Geschichte der Türkei an: Seit hundert Jahren müssen wir an den Westen unser Öl liefern."

„Warum Wir?", fragt mein Vater irritiert: „Lasst diesen Mist endlich, wir sind Menschen dieses Landes!".

„Yau tamam, aber 2023 wird das vorbei sein", fährt Mister Fanatiker fort: „Und dann werden wir selbst davon profitieren". Baba ist wie erwartet skeptisch: „Also mit diesem Hirn wird es auch 2043 nichts!". Mühsam unterdrücke ich ein Lachen. Aber Gott sei Dank kommt mir mein Onkel zur Hilfe: „Wie!", ruft er in gespieltem Entrüsten aus: „Wir werden am Bosporus Passiergeld entheben! Stellt euch vor, 1000 Schiffe am Tag: alle zahlen 500 Euro – im Monat 25 Tage, die Sonntage zähle ich nicht mit…".

Jetzt lachen alle. Seine Zwischenkommentare sind Lustig. Noch.

„Wenn Geld alles wäre, dann wären die Araber die Herrscher der Welt. Wenn das…", mein Vater deutet auf seine Stirn: „… fehlt, dann kannst du 500 Milliarden haben und es bringt nichts.".

Mister Fanatiker bleibt hartnäckig: „Ja, aber sie sehen in Türkei trotzdem eine Bedrohung! Türkei ist…". Baba verzieht das Gesicht und winkt ab: „Ach, Quatsch!". Doch Mister Fanatiker lässt sich nicht abbringen: „Guck mal: Die Türkei hat eine Million Flüchtlinge aufgenommen und Merkel hat ihn gelobt! Also kann er ja nicht so schlecht sein!".

Alle sind neidisch auf die Stärke der Türkei – aber sobald Merkel ihn lobt ist das ein Beweis für seine Bedeutung – nicht aber umgekehrt. Der Widerspruch spielt keine Rolle – er ist schon zu lang BegIntegrationsbeauftragter unseres Denkens.

„Weißt du auch warum?", fragt mein Vater abfällig: „Weil das weniger Flüchtlinge für Deutschland bedeutet!", beantwortet er die Frage selbst: „Die Europäische Union – warum haben sie Gaddafi geduldet? Ihn dafür bezahlt, dass er versucht so viele wie möglich der armen Seelen in der Wüste umzubringen, bevor sie her kommen konnten?".

„Ja, aber Deutschland hat doch sehr viele aufgenommen?", fragt der Bruder von Mister Fuchs. Wieder winkt mein Vater ab: „Im Vergleich zu anderen hat Deutschland gar nicht so viele aufgenommen.". Mister Nasreddin stimmt ihm zu. „Ja

aber hier gibt es auch viele Probleme mit dem Flüchtlingen!",
wirft Mister Fanatiker ein.

„In letzter Zeit haben sich auch viele Busfahrer beschwert",
stimmt ihm Mister Fuchs zu. Mister Professor, selbst
Busfahrer, erzählt: „Aber man muss auch so sehen, dass viele
überhaupt kein Verständnis aufbringen: Die haben überhaupt
keine Lust mit den Flüchtlingen zu reden, besser gesagt sie
versuchen gar nicht erst sich mit ihnen zu verständigen! Viele
können eben kein Deutsch und versuchen es mit
Zeichensprache, aber die sind nicht bereit darauf einzugehen!".
„Zeichensprache?", fragt Mister Fuchs herablassend. Mister
Professor nickt heftig.

„Ich habe ihm zu verstehen gegeben, dass er vorne einsteigen
muss, um zu bezahlen. Also fürs Nächste Mal. Wisst ihr, was
er getan hat? Er ist in der Mitte ausgestiegen und vorne gleich
wieder eingestiegen und hat bezahlt! Und hat auch versucht,
sich zu entschuldigen.". Ich nicke vor mich hin. Diese
Mehrheit wird seltsamerweise immer unter den Tisch gekehrt.
Nur die paar stehlenden Flüchtlinge, die prügelnden und
pöbelnden Flüchtlinge dürfen im Rampenlicht glänzen.

„Viele meiner Kollegen werden befragt, was sie von den
Flüchtlingen halten. Auch ich wurde vom Chef gefragt und ich
habe erklärt, dass ich kein Problem mit ihnen habe!".   Er
nimmt einen Schluck von seinem Tee, bevor er nickt: „Also
eins muss man einfach zugeben: Fremdenhass ist hier sehr
verbreitet!". „Aber Fremdenhass gibt's doch bei uns auch!",
erklärt Baba. „Ist sogar noch schlimmer!", bekräftigt mein
Onkel ihn. Mister Fanatiker erzählt von einer türkischen
Nachrichtensendung, in der aktuellsten Fehltritte der bösen
Flüchtlinge berichtet wurden.

Mister Nasreddin   kommentiert: „Auch die Türken nutzen
einzelne Fälle von irgendwelchen Psychos für Hetze gegen die
Flüchtlinge!". Vor allem damit alle endlich verstehen: Richtig,
die einzige Hoffnung des Nahen Ostens sind die Türken!

Die anderen Herren stimmen ihm zu. Mein Vater schweigt. Sie
sprechen darüber, wie viele Leute Erdogan aufgenommen hat
(mehr als eine Million) und über die Missstände, denen diese
Menschen ausgesetzt sind.

„Es gibt sogar Märkte, wo die Frauen aus Syrien z.B. in Scharen stehen und darauf warten, dass irgend ein Türke kommt und sie mitnimmt", erzählt Mister Fanatiker: „Sie ist dann praktisch sein Besitz. Sie heiraten in den meisten Fällen zwar, aber viel Bestimmungsrecht oder dergleichen hat die Frau nicht!".

„Also Leute, versteht mich nicht falsch, ich sage nicht, dass Erdogan keine Flüchtlinge aufnehmen soll!", erklärt mein Vater: „Aber wenn du schon das machst, dann musst du dem gerecht werden! Und nicht die Leute einfach vergammeln lassen!".

Irgendwann folgen Witze über die türkischen Behörden Mister Fuchs erzählt: „Einmal wurden in Diyarbakir keine Stromrechnungen bezahlt, also die Stadt hat das nicht gemacht. Und dann haben die Energiezulieferer den Strom abgestellt.

Halb Diyarbakir hatte kein Licht! Als Antwort darauf hat die Stadt vor deren Gebäude eine Grube ausgehoben und alles zugemacht mit der Begründung: "wegen Bauarbeiten gesperrt!"", alle brechen in schallendes Gelächter aus. Es ist wie in einem Comedy Film, was er eben beschrieben hat.

„Keiner konnte ein und ausgehen!".

Mein Vater lenkt das Gespräch wieder in ernstere Gewässer. Es geht um die Situation in Deutschland und einige lassen sich über den Umgang mit Ausländern aus.

„Wir müssen an uns selbst arbeiten, nicht immer über die bösen Deutschen jammern. Es leben Vier Million Türken in Deutschland und was kommt dabei raus?".

Mein Onkel widerspricht: „Ein großer Teil studiert…", doch mein Vater winkt ab.

„Der Teil der studiert ist auch nicht besser. Ich sehe es doch in den Moscheen, sie haben keine Visionen und kaum ein Buch gelesen".

Er sieht meinen Onkel an: „Wie viele Bücher hast du in deinem

Leben gelesen?".

Mein Onkel macht ein demonstrativ abschätziges Gesicht:

„Wallah…",. Die Leute fangen an zu lachen: „…da war dieses eine letzte Buch, Handbuch zum Bedienen eines Touch-Screen-Fernsehers…". Dann winkt er lachend ab: „Ok, ich muss zugeben ich hab mir dafür ein Tutorial auf YouTube angesehen!".

Was auch sonst?

Du willst dein Bett zusammenbauen? Tutorial auf YouTube!

Du willst Windeln wechseln? Tutorial auf YouTube!

Du willst eine Freundin? Tutorial auf YouTube!

Du willst aufhören, dir Tutorials anzusehen? Tutorial auf YouTube!

Dann fährt Mister Fanatiker fort: „Aber von uns wurden auch nur Bauern hergeschickt. Der Teil der Bevölkerung, den die türkische Regierung nicht wollte. Die Iraner kommen z.B. zum Studieren her und so weiter! Die Türken fallen hier nur deshalb so unangenehm auf, weil nur Menschen aus der niedrigsten Schicht her gekommen sind und nicht weil wir nichts können!".

„Sieh dir mal diejenigen an, die zum Studieren hier sind: Die sind klasse!", stimmt Mister Fuchs zu.

Mein Vater schüttelt entschieden den Kopf: „Keine Visionen! Türkei schafft es nicht, die hier studierenden Türken wieder zurückzugewinnen! Keiner will zurück. Japan war ein kleines Dorf, sie haben ihre Leute nach Deutschland geschickt und wieder zurückgeholt – nun sind sie eine Großmacht!". Mein Vater nimmt kopfschüttelnd einen Schluck seines Tees: „Deutschland hat ein gutes System. Wir sind darin und haben trotzdem nichts erreicht. Die Zazas sind die reichsten in Gießen – und das war's auch schon. Unsere Väter haben vor fünfzig Jahren hier eine Moschee erbaut, und dabei ist es geblieben". Er trinkt den letzten Schluck seines Tees: „Leute, wir müssen hier etwas aufbauen. Wir müssen endlich einsehen, dass unsere Kinder weder Deutsche, noch Zazas oder Türken sind – wir haben das nicht geschafft, sie sollen es aber! Sie sind die Brücke zwischen Okzident und Orient, eine neue Kultur!". Schön gesagt – nur interessiert das niemanden. Weder den Okzident, noch den Orient – nicht einmal die, die die neue Kultur sein sollen.

Mittwoch

Ich habe von den Anschlägen auf Charlie Hebdo in Frankreich gehört. Elf Menschen sind tot, an mehr kann ich nicht denken.

Sonntag

Menschen sind gestorben. Es ist grauenvoll, ich bete für die elf Karikaturisten. Aber auch die zwei Schweine, die diese Morde verübt haben, tun mir Leid. Wie geblendet muss man sein, wie verzweifelt, um so vielen Menschen das Leben zu nehmen? Und das im Namen einer Religion, die nichts als Liebe und Barmherzigkeit predigt?

Mord ist eine schlimme Sache. Mit keinem Motiv zu rechtfertigen, ob Rache oder eigener Existenzkampf. Mit Mord erreicht man gar nichts. Würde Gewalt seinen Zweck erfüllen, wären Afghanistan und der Irak heute freie und glückliche Länder. Würde mit Mord etwas erreicht werden, dann wäre die Todesstrafe die Erlösung. Würde mit Mord etwas erreicht werden… die Liste ist endlos lang. Ob historisch oder aktuell, gesellschaftlich oder individuell – Belege dafür, dass Mord auf keine Weise zu legitimieren, geschweige denn zu befürworten ist, gibt es unendlich viele. Wäre Mord der richtige Weg, dann hätte der islamische Prophet Mohammed nicht Frieden sondern Krieg gepredigt, nicht vergeben sondern gerächt. Dann hätte Gandhi den Weg der Rache, nicht den der Barmherzigkeit gewählt. Es ist traurig und erdrückend, wozu Verblendung, Hass und Zorn führen können. Elf Menschenleben, egal ob gut oder böse, das steht gar nicht zur Debatte. Elf Menschenleben ausgelöscht, einfach nicht mehr da… Die Polizisten darf man auch nicht vergessen. Was für Probleme, was für Sorgen und Hoffnungen hatten wohl diese beiden Attentäter, dass sie solch eine grauenvolle Tat begangen haben? Wie verzweifelt müssen sie gewesen sein, dass sie so empfänglich für dieses menschenverachtende Gift waren, dass sich Hass nennt.

Und immer mehr unter allen Gesellschaften und Gruppen verbreitet.

„Viele sind alleine", erklärt mein Vater: „Sie haben keine Bezugsperson, werden in der Gesellschaft nicht aufgenommen und haben Persönlichkeitsprobleme. Keiner will sie. Stell dir mal vor, du bist ganz alleine. Keiner nimmt sich deiner an, keiner gibt dir Antworten auf deine Fragen. Und dann taucht plötzlich jemand auf, der dich an der Hand nimmt. Der mit dir Fußball spielt und hin und wieder ein Eis isst. Der dir sagt, dass Gott einen Platz im Paradies für dich bereithält. Dass alles ein Ende haben wird und – jetzt kommt das wichtigste – dir einen Sündenbock liefert. Der mit dem Finger auf jemanden zeigt und sagt, der hat uns das alles eingebrockt! Wegen dem mussten deine Eltern die Heimat verlassen – Sieh dir doch mal an, was der Westen uns in der Vergangenheit angetan hat! Und ein wirkliches Gegenstück finden wir auch nicht – nicht einmal die Muslime kennen ihre Religion und ihre Geschichte.

Ich hatte sie anfangs verachtet, die beiden Terroristen. Aber nun, spüre ich keinen Hass mehr. Nur Mitleid. Wie viele sind wohl noch da draußen, die auf den Abgrund zu schlittern, ohne Halt zu finden? Wie viele werden noch zum IS oder anderen Gruppen gehen, und sich selbst verdammen? Wenn Gewalt ins Spiel kommt – dann wechselt nur das Personal des Bösen, so ungefähr Hannah Arendt. Aber das interessiert keinen – los, fliegen wir in den Irak und bombardieren den IS!

Ich kenne diese Wut, nicht in dem Maße, aber ich kenne es, wenn Menschen zwischen zwei Fronten stecken. Ich habe es an vielen Freunden beobachtet und auch an mir selbst. Ein Mensch muss reden, sich öffnen können, damit er gesund bleibt. Nur so hatte ich meine eigenen Dämonen besiegen können. Wenn man immer alles in sich hinein wirft, keinen hat, der sich seiner annimmt und dann auch noch von allen Seiten attackiert wird… dann ist es verdammt schwer. Dafür muss eine Lösung gefunden werden, sonst werden noch mehr Menschenleben verloren gehen, es wird immer weiter ausarten. Es muss eine Lösung gefunden werden und zwar von beiden Seiten.

„Die Muslime müssen endlich anfangen, nicht nur über den bösen Westen zu jammern, sondern an sich selbst arbeiten und bemerkten, auf was für einem Schatz von Kultur sie eigentlich sitzen. Offen Dinge hinterfragen können, ohne Angst und Gesellschaftlichen Druck – also zu den Wurzeln des Islam zurückkehren. Autoren wie Khorchide müssen gelesen werden, nicht bedroht. Diese Gesellschaft hingegen muss aber auch ihren Beitrag leisten – nämlich diese Menschen mal endlich akzeptieren und zu versuchen, sie zu verstehen. Es stimmt, Ausbeutung, Kriege und Verbrechen hat es gegeben, keine Frage. Das Europa und die Hüterin und Mutter der Demokratie, USA, eine große Mitschuld haben, ist nicht abzustreiten. Aber sie als den bösen Westen abzutun, der nur darauf lauert den Islam in die Erde zu stampfen, ist zu einfach gemacht! Keine von beiden Seiten will sich an einen Tisch setzen oder auch nur den anderen anzuhören – und solange das der Fall ist, wird es immer weiter Anschläge und Attentate geben.", so Baba: „Und nebenbei bemerkt: Verträgt die Moderne gar keine Religion".

Ich habe die Arbeit der Karikaturisten nie befürwortet, ich habe nicht mal so viel davon mitbekommen. Erst durch die Attentate habe ich davon wirklich erfahren. Ich verurteile diese Art von "Satire", denn ich glaube, dass es Themen gibt, mit denen man sensibel umgehen muss. Ich denke an die Worte meines Vaters zurück: „Hier Leute, wir leben in einer areligiösen Gesellschaft! Nicht einmal die eigene Religion, also der Christentum, wird noch beachtet – woher denn der Islam?". Aber auf der anderen Seite finde ich, dass man langsam mal dieses Bewusstsein dafür entwickelt haben müsste. Muslime sind nicht seit gestern hier. Ich schüttele den Kopf. Elf Menschen sind gestorben, und ich denke noch über Politik nach.

Ich finde es toll, dass viele Menschen ihre Solidarität durch "Je suis Charlie" bekunden, aber ich frage mich auch, wie lange dieser Hype halten wird? Zwölf Jährige posten es als Titelbilder, ohne sich wirklich darüber im Klaren zu sein, dass es sich nicht um irgendein Hollywood Schauspieler handelt. Ich frage mich wie oft schon "Charlie Sheen – tot?" gegoogelt wurde. Ein Vorteil von Internet ist, dass man von allem erfahren kann – was passiert gerade in Australien, China oder USA – selbst die Antarktis kann ich ausspähen. Der ganze

Witz an der Sache ist nur, dass die Dinge nicht mehr so lange hängen bleiben. Sie kommen ein wenig zu schnell auf einen zu und dann sind sie auch schon vorbei.

„Oh, eine Textilfabrik in Bangladesch ist verbrannt und sieben Menschen sind gestorben! – zwei Sekunden später – oh, Amy Winehouse ist einer Überdosis zum Opfer gefallen". Wobei nicht ganz klar ist, wie man einer Überdosis zum Opfer fallen kann… Wenn jemand von der Klippe springt, ist er ihr ja auch nicht zum Opfer gefallen.

Die Situation für viele Muslime hier in Europa wird damit nicht leichter werden. Das prophezeit jedenfalls mein Vater. Ich bin dem gegenüber skeptisch – ich vertraue noch immer darauf, dass der moderne Mensch unterhalten werden will und auch diese grauenvollen Morde schon bald vergessen sein werden. Neue Sensationen, neue Schreckensgeschichten braucht er – immer über dasselbe zu reden ist doch langweilig? Und sich dann auch noch Gedanken darüber machen – schrecklich! Schuhe und Lebensweisheiten werden morgen schon wieder die Titelbilder schmücken. Menschen sterben, Menschen töten andere Menschen?

Daran gewöhnen wir langsam. So traurig das auch klingen mag.

Montag

Erster Schultag nach den Weihnachtsferien

Englisch Unterricht...

Ich setze mich auf meinen Platz. Unsere Lehrerin, Frau Happy, hat uns eben die Tür aufgeschlossen. Ich mag sie, sie ist immer gut drauf und versucht das Beste aus ihrem LK rauszuholen. Sie gibt uns ständig Übungs- und Hilfsblätter, damit wir uns auch weiter verbessern können. Trotzdem wäre es mir lieber, wenn sie diese ganzen Hilfestellungen lässt und dafür auch unsere Arbeiten nicht mit den Augen eines Forensikers durchsucht. Sie ist wirklich verdammt streng. Ihren Unterricht gestaltet sie lebendig, sie bringt uns den Stoff auf lustige Weise bei. Aber was Hausaufgaben anbelangt… „So, was wisst ihr über Charlie Hebdo?", fragt sie. Etliche Arme schnellen hoch, ich lasse meinen unten.

„Das war die Hauptfigur eines Satiremagazins in Paris.", berichtet Ele: „Dort sind zwei islamistische Terroristen eingedrungen und haben Redakteure erschossen.". „Genau. Hat noch jemand was zu ergänzen? Ja, Lukas bitte". „Also das Satiremagazin hat Karikaturen über den Islam gebracht, wo deren Prophet dargestellt wurde. Und deshalb haben die dann den Anschlag gemacht, als Rache". „Und wie steht ihr zu der Frage, ob Satire alles darf?".

Fast unmerklich schüttele ich den Kopf. Einmal, um klar zu machen: „Ja, ich bin auch auf eurer Seite! Je suis Charlie!", und weil die Erinnerung daran mich erneut überwältigt. So viele Menschenleben, ausgelöscht.

„Ich denke", meint Alina: „dass man eine gute Parallele zur *Manifest Destiny* ziehen kann!". Meine Englischkenntnisse sind nicht besonders gut, aber sie reichen aus, um zu verstehen, worum es geht.

„Amerika will Demokratie in die Welt hinaustragen", Wo wären wir bloß ohne die Amerikaner: „und ich glaube das ist ein perfektes Beispiel, warum die NSA alles kontrollieren möchte! Sie wollen solche Attentate verhindern, hätte man vorher davon gewusst, wären sie nicht passiert". Ich melde mich.

„Arman".

„Ich widerspreche Alina in dem Punkt.", mein Vokabular beschränkt sich auf eine einfache, beinahe armselige Anzahl. Aber nur beinahe. Damit tröste ich mich.

„Ich denke, mit dem Vereiteln ist es nicht getan. Klar, Menschenleben sind dadurch gerettet, aber es muss was verändert werden, so dass es gar nicht erst dazu kommt, dass Menschen eine derart brutale Tat planen. Schon gar nicht aus den Motiven". Ich erinnere mich an ihre Frage: „Und um auf Ihre Frage zurückzukommen – ich finde die Karikaturen sind verletzend und es ist unverantwortlich von den Karikaturisten, diese in einer Zeit zu veröffentlichen, in der die Atmosphäre sowieso schon hoch angespannt ist.".

„Ich stimme dem Arman nicht zu", erklärt Lauren: „Es herrscht Meinungsfreiheit! Wir leben in einer Demokratie und in einer solchen darf jeder seine Meinung kundtun. Außerdem lebt Satire nun mal davon, dass übertrieben und provoziert wird". Lukas und Bradly stimmen ihr zu.

„Wegen Religionen wurden schon viele Kriege geführt", meint Lukas: „Kreuzzüge und so weiter…". Adler und Maus – so ist das Verhältnis von uns und Religion.

Nur wer ist der Adler, und wer die Maus? Ich realisiere, was mich in den kommenden Tagen erwarten wird.

„Ich sehe das nicht wie Lukas", erkläre ich: „In keiner Religion wird verlangt, dass man raus gehen und alles umschießen soll, was nicht dem eigenen Idel gleicht", ich werfe verschiedene Regeln der englischen Sprache über den Haufen, aber das kümmert mich nicht, aber die englische Sprache – also rede ich einfach auf Deutsch weiter: „Die Kriege und Verbrechen, die im Namen von Frieden und Demokratie im Osten durch die USA verursacht wurden", Bradleys Arm schnellt hoch: „haben Wunden hinterlassen. Traumatisierte Generationen. Da sind Kinder, die ihre Väter und Mütter in z.B. den Golfkriegen verloren haben. Und dann kommt jemand und verspricht ihnen Rache. Sagt ihnen, dass Gott ihnen helfen wird. Erklärt ihnen, dass das alles sich wiederholen würde, falls sie sich nicht wehren. So machen sie Mörder aus zerstörten Menschen". Bradleys Arm ist wieder unten: „Irgendwelche Schweine ziehen daraus ihren Profit, in dem sie die Religion als wunden Punkt für viele Menschen ausnutzen und durch Irrtümer diese zu ihren Sklaven machen".

Nachdem Fünf Minuten Pause ist, wollen Mustafa und ich gerade raus gehen, als Frau Happy mich anhält und erklärt: „Du hast einen sehr kritischen und festen Standpunkt, behalte ihn dir!".

Ich versuche es im positiven Sinne zu verstehen.

Drei Stunden später…

Fünfte Stunde. Deutsch bei meinem derzeitigen Lieblingslehrer und Tutor, Herrn Guth. Alle haben Platz genommen. Herr Guth macht eine kurze Einleitung, fragt nach den Ferien. Dann sprechen wir über die Pariser Anschläge. Einiges wiederholt sich. Ein paar äußern sich darüber, wie schlimm sie das Geschehene finden. Ich merke, wie mir einige verstohlene Blicke zu werfen. Plötzlich bekommt man das Gefühl, sich zu rechtfertigen. So fühle ich mich schon den ganzen Tag. Aber ich unterdrücke das Gefühl. Wofür soll ich mich rechtfertigen, verdammt?

„Also das war schon witzig, die haben eine neue Karikatur rausgebracht mit dem Titel: Jetzt erst recht! Also irgendwie sowas". Herr Guth lacht, einige stimmen ein. Ich verziehe keine Miene.

„Oder diese eine mit den 99 Jungfrauen", lacht Lukas. Herr Guth lacht noch lauter.

„Aber schon im christlichen Europa war das so", erklärt Herr Guth auf Lukas' Beitrag hin, dass Religionen sehr viel Leid verursacht hätten: „Wir müssen die anderen missionieren und so ein Schwachsinn. Der Hundertjährige Krieg zum Beispiel, zwischen dem evangelischen England und dem katholischen Frankreich! Dahinter war auch nichts anderes, als das die einen eben evangelisch waren und die anderen katholisch".

Das ist, was die meisten Muslime hier nicht verstehen. Es ist nicht allein der Islam, der nicht gebilligt wird. Immer wenn ich in eine Islam-Debatte gerate, die dem Niveau einer gewissen Zeitung gleicht, dann werden irgendwann auch andere Religionen schlecht gemacht – bis auf den Judentum. Davor hütet man sich in Deutschland. Islam, Christentum – das ist okay, aber bloß nicht über den Judentum sprechen.

Woran das wohl liegt?

„Ich glaube nicht, dass es an den Religionen liegt oder lag", widerspreche ich: „Was ist mit dem zweiten Weltkrieg? Mehr als Fünfzig Millionen Menschen sind in dessen Verlauf gestorben und der wurde nicht aus religiösen Motiven geführt. Keine Religion predigt Krieg. Sie wird nur von Menschen instrumentalisiert und zu politischen Zwecken missbraucht, so war es in der Geschichte schon und ist es heute noch. Die Kreuzzüge zum Beispiel – Ziel war es, von den eigenen Problemen abzulenken. In Europa haben miserable Zustände geherrscht – und die muslimischen Reiche haben geblüht. Krieg ist nun mal die beste Ablenkung von eigenen Problemen. Außerdem war da der persönliche Ehrgeiz des Papstes, was die Eroberung Jerusalems und die damit verbundene Unsterblichkeit anbelangt. Das ist eine Ursache von vielen. Aber keine ist die Religion. Wie gesagt – der zweite Weltkrieg".

Wie auch in vielen anderen Fächern, sind es immer die selben, die sich beteiligen. Viele schauen gelangweilt auf ihr Heft, andere reden miteinander.

„Genau wie der Erste Weltkrieg", ergänzt Herr Guth. Ich respektiere ihn sehr und lerne auch viel von ihm. Allein seine umfassende Kenntnis von Literatur ist von ungeheurem Wert – aber beim Thema Religion scheitert er immer wieder.

Wie alle anderen auch.

Was ich nur nicht verstehe ist folgendes: Wenn starke Religiosität zu Mord und Totschlag führt – wie konnten dann Muslime, Juden und Christen in Andalusien friedlich zusammenleben?

Zwei Stunden später…

Auch in Geschichte wird das Thema kurz angesprochen. Aber überraschenderweise nicht lange. Stattdessen machen wir Unterricht. Was mich wundert. Gut so, Herr Konservativ!

Am Esstisch…

Meine Schwester und ich berichten meinem Vater, wie es in der Schule in Bezug auf die Anschläge gelaufen ist. Meine Schwester wurde wohl direkt gefragt, wie sie darüber denkt.

„Was hast du gesagt?", fragt mein Vater.

„Das ich das schlimm finde, genau wie alle anderen auch".

„Wenn ihr gefragt werdet, dann entgegnet einfach folgendes: Wie denken Sie denn darüber? Dann wird euch die betreffende Person mit schrecklich, natürlich antworten. Da haben Sie ihre Antwort".

Meine Mutter ist empört: „Wie kann man dermaßen beschränkt sein, Kinder danach zu fragen? Warum sollten sie denn anders denken?".

„Sie sollten dir lieber leidtun, wenn sie diese Kinder danach fragen".

„Warum sollten Mustafa oder Arman anders denken, als es ein Max oder Leon tut? Sind sie von einer anderen Galaxie oder was?", schüttelt meine Mutter den Kopf.

„Ja, und der Name der Galaxie lautet Migrationshintergrund", erkläre ich.

Dienstag

Biologieunterricht...

Frau Kompetent, meine Biologie Lehrerin ist die einzige, welche gar nicht auf Charlie Hebdo zu sprechen kommt. Bis jetzt jedenfalls. Sie ist viel mehr damit beschäftigt, uns Vorwürfe zu machen.

„Ich war sehr verwundert, dass ihr euch beim StufenIntegrationsbeauftragter über mich beschwert habt!", erklärt sie: „Warum seid ihr nicht zu mir gekommen?".

„Das sind wir doch!", entgegnen wir.

„Äh…".

Wenn der Lehrermangel nicht bald behoben und Lehrern wie Frau Kompetent Einhalt geboten wird, dann sollte der NC fürs Medizinstudium besser aufgehoben werden.

Mittwoch

Ethikunterricht...

„Ihr habt ja alle von den Pariser Anschlägen gehört", leitet Herr Integrationsbeauftragter ein: „Und mich würde interessieren", er richtet seinen Blick auf Mustafa, Eddy und meine Wenigkeit: „Wie ihr darüber denkt".

„Wie denken Sie denn darüber?", entgegne ich ohne Umschweife. „Wie bitte?", fragt er.

„Wie Sie darüber denken".

„Ähm, das es schrecklich und sehr grausam ist".

„Und wieso sollten wir anders darüber denken?", frage ich sichtlich irritiert.

Ich zerstreue seine Sorge, das Mustafa, Eddy und ich Teil des Islamisierungsplanes sind, den die Avengers (PEGIDA) aufdecken… ich meine vereiteln wollen. Aufzudecken gibt's da nichts. Schließlich haben, laut Bertelsmann-Stiftung, 57

Prozent der Deutschen endlich eingesehen, dass der Islam eine Bedrohung ist. Und die anderen 43? Die sind vom Virus infiziert und schaffen es nicht, einen klaren Kopf zu fassen.

Wir sprechen über die Frage, was Satire darf und was nicht. Einige äußern sich dazu, was sie über die Karikaturen halten.

„Also, ich finde jeder darf machen was er will", erklärt Alina: „Wir leben schließlich in einer Demokratie".

„Ich finde das nicht", reagiert Sami: „Diese Karikaturen waren beleidigend und nicht mehr einfach nur Meinungsäußerung. Außerdem…".

„Hast du die Karikaturen überhaupt gesehen?", unterbricht Herr Integrationsbeauftragter ihn.

„Lassen Sie ihn doch erst mal ausreden!", rufe ich.

„Ja, eine".

„Welche denn?".

„Eine mit dem Prophet Muhammad drauf. Ich hab sie sogar auf dem Handy, wenn Sie sie sehen wollen". „Ja, zeig!".

Tatsächlich – er holt sein Handy raus.

„Worum geht's überhaupt? Was haben diese Leute denn gemacht?", fragt Enissa.

„Ay die haben Karikaturen über den Islam gemacht", erklärt Herr Integrationsbeauftragter: „Satirische Karikaturen, d.h. ironisch. Und im Islam darfst du ja den Propheten nicht abbilden".

„Und darüber ärgern die sich so sehr, dass sie die umbringen?".

„Ja".

„Ich hab's gefunden!", verkündet Sami und zeigt sie Herrn Integrationsbeauftragter.

„Ach die", lacht er, als er auf Samis Smartphone blickt: „Ja, die ist echt geil!".

„Welche denn?", fragen einige neugierig. Er beschreibt sie.

„So", fährt Sami fort: „ich finde das nicht gut. Da, wo die Freiheit eines anderen beginnt, da endet meine".

„Also ich habe da echt Angst!", meint Enissa: „Ich trau mich ja dann gar nicht mehr, meine Meinung zu sagen!".

„Also ich finde, man muss jetzt nicht übertreiben", entgegnet Lisa: „Ich meine klar, das ist schrecklich, was da geschehen ist! Aber so zu tun, als würden wir alle gefährlich leben, ist auch übertrieben. Und was die Karikaturen anbelangt, finde ich sie nicht lustig, kein bisschen sogar. Die Auflage ist nur so hoch, weil diese Morde geschehen sind. Ansonsten haben sie wirklich sehr niedrige Auflagen gehabt. Und plötzlich meint jeder ein Fan zu sein und sie zu mögen!".

„Was darf Satire, was nicht?", wiederhole ich seine Frage: „Ich kann Ihnen nur eins sagen: Wenn wir wollen, dass das Problem mit dem Islam in Europa endet – mit solchen Karikaturen werden wir es nicht schaffen".

„Nichtsdestotrotz hätte ich mir ehrlich gesagt mehr Reaktion von den Muslimen erwünscht!", äußert er: „Also die Gemeinden hätten öffentlich viel mehr machen können – sie haben sich ja kaum distanziert!".

„Das stimmt doch gar nicht!", ruft Mustafa: „Der palästinensische Präsident ist mit Merkel und so Seite an Seite gelaufen deshalb, unsere Gemeinde hat sich distanziert und die DITIB genauso!".

Distanziert sich eigentlich jeder deutsche Bürger von der Rüstungspolitik unserer demokratischen Bundesrepublik? Es gibt übrigens keinen Grund zur Sorge: die Waffen werden mit dem Versprechen gekauft, dass sie niemals benutzt werden. Dafür müssen die Diktatoren ihr Ehrenwort geben! In der Türkei ist ein junges Mädchen von einem Busfahrer vergewaltigt worden. So schrecklich und unmenschlich das auch ist – muss ich mich jetzt davon distanzieren? Werden Milliarden von Männern untersucht, ob sie sich bloß nicht an einer Vergewaltigung ergötzen? Prominente tun das täglich: Distanzieren und Mitleidsbekundungen sind Ratschlag, die jeder Idiot von PR-Agent gibt. Was ich jedoch ziemlich heuchlerisch finde. In Filmen und Serien stellen sie ständig Gewalt dar um die Millionen abzusahnen und dann sind sie empört über Gewaltfantasien... Wir sprechen über Ahmad Mansour, den Mann, von dem der Text stammt, den ich mich geweigert habe, zu lesen. „Hast du den Text eigentlich gelesen?", fragt Herr Integrationsbeauftragter. „Nein", antworte ich kurzbündig.

„Schade. Er war hier an unserer Schule und hat einen Vortrag über das Thema gehalten – viele Lehrer waren begeistert! Das ist nicht üblich für eine Fortbildung. Und, ähm, der hat auch gesagt, dass der Islam mit so etwas nichts zu tun hat. Das es falsche Auslegung…".

Die übliche Laier. Ist schön, dass er das sagt – wirklich helfen tut das aber nicht. Wir kriegen einen neuen Text, ein Interview mit Mansour zu den Pariser Anschlägen. Und ich muss zugeben, dass er nicht so schlecht ist, wie ich anfangs angenommen hatte.

In der zweiten großen Pause…

Mustafa kommt sichtlich wütend zu unserem üblichen Platz. Er schmeißt seine Tasche hinter eine der Heizungen bevor er Platz nimmt. „Was ist denn los, Digga?".

„Ay junge", beschwert er sich: „Dieser Mansour ist gar nicht so, wie Herr Integrationsbeauftragter gesagt hat". Ich runzele die Stirn, ich hab doch Texte von ihm gelesen?

„Hä, wie?", frage ich.

„Frau Toleranz erzählt unserem LK von diesem Vortrag von dem und dann sagt sie so: Selbst ein Muslim sagt, dass der Islam eine gewalttätige Religion ist!".

Ich schüttele ungläubig den Kopf. Nicht weil ich mich in Mansour getäuscht hätte, sondern wegen Frau Toleranz.

In der 3. Großen Pause

Ich stehe mit Herrn Siezen vor dem Büro der Schulleiter in. Herr Siezen sieht mich an: „Sie wissen, was zu sagen?", fragt er.

„Schuldig im Sinne der Anklage?".

Er lacht: „Um Gottes willen!".

„Keine Sorge, ich werde in höchsten Tönen davon sprechen!".

„Sehr gut!". Es geht um das Patenprojekt. Ich bin das Versuchskaninchen. Ich soll einem Schüler aus der fünften Klasse Rat stehen. Das er Ausländer ist, brauch ich nicht zu erwähnen. Sonst würde ich nicht gefragt werden. Die Mutter hat einjährige Zwillinge und der Vater ist am arbeiten – seine Zwillingsschwester kommt klar, er nicht.

„Was halten Sie eigentlich von den Pariser Anschlägen", fragt er mich unvermittelt.

„Wie meinen Sie das?", frage ich sichtlich irritiert.

Mittlerweile macht das Spaß. „Also, wie stehen Sie dazu?".

„Ich habe die Frage schon verstanden, nur ihren Sinn nicht – wieso sollte ich anders als Sie darüber denken?". Ich habe es allmählich satt, diese ständige Fragerei. Er weicht kurz meinem Blick aus: „Ja, klar. War eine dumme Frage, aber wie kriegen Sie das in Moscheen mit? Also es gibt ja jetzt Berichte über

Prediger, die das gutheißen und die Leute aufstacheln".

„Herr Siezen ich sage Ihnen ganz ehrlich – ich habe nichts davon mitbekommen. Ich gehe in die Moschee und kenne auch viele Muslime, aber die meisten Vorfälle die in den Medien in Bezug auf Islam und Muslime berichtet werden, kenne ich seltsamerweise nicht". Er nickt: „Ah, okay".

„Im Gegenteil– beim Freitagsgebet verurteilen die Prediger solch barbarische Akte. Das einzige, was mir auffällt", berichte ich von einem Vorfall in der Moschee: „ist, die Uneinigkeit unter den Muslimen selbst. Zum Beispiel die Ahmadiyya – sie versuchen hier Politik zu machen". Herr Siezen lacht und nickt:

„Ja, genau!".

„Sie werden in muslimischen Ländern verfolgt, was ich ohnehin nicht gutheiße", fahre ich fort: „Also halten sie hier große Friedensansprachen, um sich Sicherheiten zu verschaffen. Keine Richtung im Islam toleriert Blutvergießen. Und ich sage Ihnen, es wird noch viel schlimmer werden. Es wird immer mehr Anschläge geben – und dazu trägt auch die deutsche Gesellschaft bei, solange sie nicht bereit ist, die anderen kennen zu lernen und zu akzeptieren. Seitdem ich Ethikunterricht habe, wird ständig von Salafisten, Dschihad und Terrorismus gesprochen. Was der Dschihad wirklich bedeutet, das interessiert keinen. Nie wird darüber aufgeklärt, was der Islam überhaupt ist! Irgendwelche Islamwissenschaftler tauchen im Fernsehen auf, an ihrer Seite resozialisierte, ehemalige Salafisten, die einen Haufen Geld mit ihren bescheuerten Annahmen machen. Es wird nicht ein Khorchide angehört sondern viel lieber schenkt man Pierre Vogel Beachtung". Ich halte nichts von Reformatoren, aber für Seyyed Hossein Nasr sind nicht einmal die Muslime bereit – falls sie ihn überhaupt kennen.

„Der Punkt ist, dass man viel lieber solchen Leuten zuhört als einen Khorchide. Verurteilen ist okay, aber Kennenlernen ist zu viel verlangt". Herr Siezen lacht: „Genau! Aber so funktionieren die Medien nun mal, mit einem Pierre Vogel erlangen sie mehr Aufmerksamkeit".

„Erstens das, und zweitens möchten die Leute auch nicht den Islam wirklich kennen lernen, geschweige denn verstehen. Schauen Sie mal: Sie waren doch auch bei dem Vortrag von Mansour da, oder?". Er bejaht: „Ein sehr guter Vortrag!". „Ein Mustafa kommt eben wütend zu mir. Warum? Weil seine Lehrerin, Frau Toleranz, sich in ihrem Weltbild bestätigt sieht, da selbst ein Muslim den Islam als gewalttätig beschreibt". Er ist sichtlich erstaunt: „Wie bitte?". Ich nicke: „War das seine Botschaft?".

Er schüttelt den Kopf: „Auf keinen Fall! Oh Mann. Ich verrate Ihnen mal was: Es gibt auch Lehrer, die nichts im Kopf haben und die Dinge gerne so verstehen, wie es ihnen passt!".

„Wissen Sie, oft rufen Familien bei uns an", vertraue ich ihm an: „Eine Mutter hat ratlos gefragt, was sie tun kann. Die Lehrerin ihrer siebenjähriger Tochter hat ihr anscheinend gesagt: Aus dir wird sowieso nichts. Du wirst mit irgendeinem Mann verheiratet und dann in der Küche enden".

Seine Augen weiten sich. Er ist sich nicht ganz sicher, ob er mir glauben soll. Aber ich lüge nicht: „Da, wo diese Leute herkommen, genießen Lehrer eine außerordentlich hohe Stellung. Deshalb trauen sich viele Eltern nicht, was zu sagen. Zum Beispiel in der Türkei herrscht das Motto: Das Fleisch gehört dir, die Knochen mir. Aber in Deutschland ist dem eben nicht so. Hier haben Eltern sehr viel Macht, das wissen Sie ja selbst".

Er nickt säuerlich: „Oh ja".

„Und der Punkt ist, ein Kind prägt sich solche Sätze ein. Und später, wenn es groß ist, etabliert sich dann meistens diese Seite: Scheiß Deutschen! Dann deutet man darauf und sagt, ja, da ist der typische Ausländer".

„Und jetzt wollen sie auch noch militärisch gegen den IS kämpfen!".

„Verschwindet heute der IS, kommt morgen jemand anderes – solange man dafür keine Lösung findet, werden viele Generationen verloren gehen. Sie werden sehen". Er nickt.

Mittwoch-Abend…

„Baba, haben die Muslime sich nicht distanziert?", frage ich.

„Was?". Er versteht nicht so ganz,

„Also, heute wurde gesagt, dass von muslimischer Seite sehr wenig kam".

„Ja, es müsste viel mehr kommen!", stimmt er mir zu: „Wir müssten eigentlich auf die Straßen gehen und demonstrieren! Uns gegen diese Anschuldigungen wehren und klar machen, dass das nicht der Islam ist. Aber…".

„Nein!", unterbricht meine Mutter ihn.

„Wie nein?". „Wir müssen gar nichts. Ich muss mich für nichts rechtfertigen. Ich bin schließlich kein Terrorist. Wenn der IS am anderen Ende der Welt Menschen köpft, dann ist das schrecklich – aber ich muss mich hier nicht davon distanzieren! Ich habe niemals jemandem den Tot gewünscht oder gedroht, nur weil er nicht meiner Religion angehört hat. Und deshalb brauche ich mich nicht davon zu distanzieren".

„Sie hat recht", erklärt mein Vater lächelnd.

„Vor mehr als fünfzig Jahren sind die Gastarbeiter her gekommen. Mehr als Fünfhundert Jahre haben die Muslime über beinahe ganz Spanien geherrscht, und wie sie das getan haben, liegt auf der Hand. Wenn diese Gesellschaft immer noch nicht verstehen will, dass ich kein Terrorist bin – dann ist das nicht mein Versagen".

Bei uns beiden macht es Klick.

Freitag

„Frau Weltretterin hat sie nicht mehr alle!", beschwert meine Schwester sich über ihre Ethiklehrerin: „Also, das ist echt unglaublich!".

Ich wurde gezwungen runter ins Wohnzimmer zu kommen und sauge den Duft meiner dreijährigen Königin in mich ein (ohne auf ihren Wiederstand zu achten) während mein Vater auf dem Sofa liegt. Meine Mutter hat meine Schwester abgeholt, welche gerade eingetreten ist. „Was ist denn los?", fragt Baba.

„Also, Baba, jetzt mal ganz ehrlich, darf sie das: Frau Weltretterin ist heute zu Amira und Nesrin gegangen, hat sie traurig angesehen und folgendes gesagt…", plötzlich fängt sie an zu lachen. Baba und ich sehen sie irritiert an.

„Was lachst du denn?", fragt die kleinste im Bunde: „Sag doch, was du sagen willst!", angesichts der Härte unserer der kleinen grinse ich.

„…Oh mein Gott, es ist einfach so lächerlich!", fährt meine Schwester fort: „Sie hat sie so traurig angesehen und gefragt: Oh ihr armen Kinder, ihr habt so schöne Haare! Wollt ihr wirklich einmal Kopftuch tragen?". Meine Schwester hat schon oft von Frau Weltretterin erzählt, so dass keiner mehr überrascht ist. Überraschend ist nicht, was sie sagt, sondern wem sie es sagt: Vierzehnjährigen Mädchen.

„Und die beiden haben nichts gesagt, richtig?", frage ich.

„Sie haben es mir lachend erzählt", antwortet sie betreten.

„Was deine Lehrerin anbelangt", so Baba: „…das ist eine Unverschämtheit!".

„Das ist noch nicht alles!", verkündet sie: „Sie hat heute erzählt, dass die Pariser Anschläge ein Beweis dafür sind, was der Islam für eine Religion ist. Dann hat sie angefangen eine Predigt zu halten. Als ich sie daraufhin gebremst habe, hat sie gesagt: Ach was du nicht weißt: Menschenrechte und Werte kommen aus Europa! Der Islam kennt solche leider nicht, du siehst doch was die Terroristen alles machen! Der Islam sagt sogar, dass Frauen Kopftuch tragen müssen!". Ich versteife mich. So sehr habe ich darauf gehofft, bei dieser Frau in der

Klasse zu landen. Aber stattdessen muss ich mich mit Herr Integrationsbeauftragter begnügen.

Menschenrechte wurden tatsächlich von einem Kurden das erste Mal festgehalten. Und normalerweise sind Kurden nicht Europäer, sondern die mit Migrationshintergrund – oder?

„Ich hab ihr erklärt, dass vor knapp tausend Jahren die Zeit der muslimischen Herrschaft über Andalusien…"

„Ich will reden!", ruft meine Königin mit ihrer Engelstimme: „…als Goldenes Zeitalter bezeichnet wird, weil die Menschen frei waren, aber das hat sie abgestritten!".

„Psst, du redest zu viel!", bleibt die kleine hartnäckig. Ich ziehe sie auf meinen Schoß und lenke sie ab, in dem ich sie kitzle.

Dabei sehe ich meine Schwester ungläubig an. Sie nickt: „Ja, sie meinte, so etwas hätte es nie gegeben. Menschenrechte und Glaubensfreiheit – all diese Sachen wären durch Europäer entdeckt worden".

„Was habt ihr eigentlich für Lehrer?", fragt mein Vater verdutzt: „Sag ihr mal einen schönen Gruß, sie soll erst mal die Geschichte ihres geliebten Europas studieren".

„Sie meinte auch, dass ich emotional zu sehr darin verwickelt bin, um das verstehen zu können und dass sie versuchen wird, dagegen anzukämpfen!".

Ich glaube, dass es noch viel schlimmeres gibt, wogegen die Gesellschaft anzukämpfen hat, als das sich wie ein Lauffeuer verbreitende Virus Islam (langer Bart, Böser Blick, KOPFTUCH): Nämlich Fachidioten.

Samstag
Klavierstunde…
„Keko bist dran!", höre ich sie von unten rufen. Keko, so spricht man bei uns den älteren Bruder an.

Widerwillig ergebe ich mich meinem Schicksal. Es ist nicht das Klavier spielen, vor dem ich mich nur allzu gern drücken würde.

Es ist meine Lehrerin. Sie redet und redet und redet…. Endlos lang. Ohne Pause.

Aber da muss ich jetzt durch. Der Gedanke an meine Mutter und die damit verbunden Schrecken reichen aus, um mich mit einem belustigten Lächeln auf den Weg zu machen. Also stehe ich seufzend auf und laufe runter. Sie wird mich gleich nach meiner Musikarbeit fragen, und ich werde ihr zum dritten Mal sagen, dass wir sie noch nicht bekommen haben. Das entspricht der Wahrheit. Vermutlich wird sie langsam Verdacht schöpfen, aber dafür kann ich nichts. Es ist nun mal so. „Wie geht es Ihnen?", frage ich und schüttele ihr die Hand. „Gut, ja, und dir?", erwidert sie. Gleich geht es los. „Auch gut". „Hier, Schau mal!". Ich schaue. Auf ihrem Schoß liegt ein Stapel Blätter.

„Das hier sind Blätter zur Sonatenhauptsatzform, ich hab sie für dich fotokopiert. Damit kannst du in den Ferien dann lernen!". Das ist nett. Eine Seite, die ich an ihr schätze. Zwar handelt sie getrieben von ihrem Ego und der Angst, jemand könnte ihre Schüler als schlecht abstempeln… nein, ihren Unterricht, so passt es besser. Aber sie hilft.

„Zeigen Sie mal", heuchele ich Interesse und nehme den Stapel.

Vielleicht bin ich auch nur allzu zynisch. Aber sie ist alt geworden und einsam. Das merkt man an ihrem starken Redebedürfnis. Sie kann nicht akzeptieren, dass junge Kollegen allmählich ihren Job übernehmen… sie austauschbar machen. Ja, ich glaube das ist das beste Wort. Austauschbar. Deshalb schimpft sie ständig darüber, dass die Zeiten sich verändert haben, die jüngeren nichts drauf haben und sie früher das Zehnfache lernen musste. Die guten alten Zeiten!

„Wow, die sind klasse!", lobe ich. Das sind sie wirklich: „Damit kann ich gut für die nächste Musikarbeit lernen!". Oh verdammt, jetzt wird sie nach der alten fragen.

„Ja, das sind sie wirklich! Ich hab sie aus diesem Buch bestellt, dass ich…", ganz neu bestellt hatte. Ich war eine der ersten! Es war noch nicht mal auf dem Markt, trotzdem hat der Verleger es mir schon mal zugestellt!

Wow, Sie müssen Stammkundin sein! beende ich ihren Satz und meine Reaktion schon mal im Kopf.

„…erst neulich bestellt habe! Ich war eine der ersten!", ihre Körperhaltung verändert sich ein wenig, ihr Rücken wird gerade, das Kinn streckt und hebt sich ein wenig. Sie hat eine herab blickende Körperhaltung. Sie ist stolz.

„Es war noch nicht einmal auf dem Markt und trotzdem…", jetzt kommt sie ein wenig näher und ihre Augen weiten sich.

Der Zeigefinger ist erhoben: „…trotzdem hat der Verleger es mir schon mal geliefert!".

Ich nickte beeindruckt mit dem Kopf.

„Beeindruckend. Sie müssen Stammkundin sein, denn normalerweise gibt es einen solchen Service nicht".

Sie nimmt wieder ihre gerade Körperhaltung ein und das Kinn hebt sich erneut.

„Ja klar, ich bestell da immer neue Bücher, lasse mein Klavier stimmen und so weiter!".

Ich frage mich, wie sie es schafft, dieselbe Geschichte drei Wochen hintereinander zu erzählen, ohne die Motivation und Freude zu verlieren. Nie verliert ihre Stimme auch nur einen Hauch der Erregung, die ein kleines Kind verspürt, wenn es von dem neuen Computerspiel erzählt.

Nicht nur an ihr zu beobachten.

„Hier, schau mal in dem Buch, welche Seitenzahl ist fettgedruckt?".

112, 120, 122, 123, 144, 146,178, 201
„144", antworte ich.

„Dann such mal bitte die Seite 144 aus den Blättern raus". Ich will es gerade tun, als sie anfängt zu begründen, weshalb ich nach der fettgedruckten Zahl suchen muss. Auch ein übliches Ritual, dass jede Woche durchgekaut wird.

„Ja, ich muss in den Ferien zum Augenarzt. Diese Lesebrillen machen meine Augen kaputt, ja.".

„Warum?". Ich bin bei Seite 122 angekommen. Ich lasse mir Zeit, damit sie erzählen kann.

Sie kann reden und ich muss weniger spielen. Ein fairer Deal.

„Ja, das linke Auge…", ich blicke auf.

„…ist schon ganz geschwollen.".

„Warum?", ich runzele die Stirn. Tatsächlich ist ihr Auge angeschwollen.

„Ja, weil das rechte hat 2,5 und das linke 2,7! Und die Lesebrille, die ich für wenige Euros gekauft habe, hat nur 2,3!". „Oh", ich verziehe für einen Moment das Gesicht. Aber nicht allzu lange, denn sonst könnte sie bemerken, dass es gespielt ist.

„Ja, und jetzt muss ich mir in den Ferien eine richtige Brille kaufen", sagt sie in einem jammernden Tonfall. Irgendwo auf der Welt sterben gerade Kinder, weil sie nichts zu essen finden. Nur einen Steinwurf von unserer Grenze frieren Menschen und die Säuglingssterberate ist deutlich gestiegen, weil die Menschen kein Geld für Heizkosten und Medizin haben – Ich verstehe, dass jeder seinem Lebensstandard entsprechend Probleme hat. Aber Woche für Woche dasselbe? Und total ignorant dem gegenüber sein, was um einen herum geschieht? Das stört mich.

„Dann sollten Sie sich mal beeilen, denn das ist nicht so gut für Ihre Augen. Schließlich haben Sie das Problem mit Ihren Augen schon ein wenig länger.".

Gerade will sie den Mund aufmachen, da sage ich rasch: „Hab die Seite 144 gefunden!", und lege sie vor uns aufs Klavier.

Damit ist dieses Thema schon mal beendet. Ich lege die Finger auf die Tasten. Innerlich seufze ich. Lieber würde ich draußen in der prallen Sonne schuften.

„Warte", im letzten Moment unterdrücke ich ein Schnauben.

„Ja?", frage ich.

„Du musst die Finger…". Oh Mann. Diese Stunde wird sich hinziehen.

Genau wie die letzte.

Und die davor.

Sowie die nächste.

Und die darauf folgende.

„Als ich aus Russland hier her gekommen bin, ja, da war ich total verwundert, wie die meisten hier waren!". „Wieso?".

„Ay, weil die wie kleine Kinder waren und total unprofessionell, ja! Ich wurde natürlich überall gelobt, habe meine…". Ich blende aus. Eine Geschichte kann man einmal

hören, zwei Mal, von mir aus auch ein drittes Mal. Beim zehnten Mal aber gleicht sie einer Fas. Diese Frau lebt in ihrer Vergangenheit, ständig erzählt sie von ihrer Vergangenheit – Warum? Weil es sonst nichts gibt, denke ich. Es ist immer dasselbe. Arbeiten, ab und zu die Enkel nehmen und jedes Jahr in die Türkei zum zweiwöchigen Urlaub fliegen. Hören Sie endlich auf ständig in Erinnerungen zu schwelgen, verziehen Sie sich und schaffen Sie neue Geschichten, verdammt – Liegt mir auf der Zunge, aber ich beherrsche mich. Das steht mir nicht zu. Es ist schlimm, einsam zu sein und das auch noch zu der Zeit, in der die eigene Jugend entschwindet. In meinen Augen nur eine Illusion, eine Ausrede für tatenlose Eintönigkeit. Der Geist ist es, der uns jung hält und lebendig macht, nicht der Körper. Aber wenn jung sein gleichbedeutend mit Wissbegier, Rebellion und Ungezwungenheit ist – dann sind wir alle alt. Wobei – wie viele geben bei Google News die Namen von Schauspielern, Models sowie Sängern ein und saugen jede Information über Menschen in sich auf, die sie nicht mal wahrnehmen? Außerdem lesen wir ja auch immer die Überschriften verschiedener Artikel, die uns die Spiegel App als Benachrichtigung schickt!
Ich nehme alles zurück.
„Wow!", bemerke ich, als ihre Lippen sich nicht mehr bewegen.

Samstag
Auf dem Weg nach Hause…
Die Dunkelheit. Der Wald. Die Straße. Reise, Freiheit und ich.
Der Mond, die Sterne – Lichtlein, Wegweiser und ich.
Du und ich.
Ich denke an meine Muse. An die Quelle meiner Inspirationen, an den Stempel meines bescheidenen, literarischen Schaffens.
Die Ruhe, wenn keine Autos vorbei rasen, und das Rascheln, mit dem der mich begleitende Wind sanft die Blätter schmiegt sind faszinierend und ein wenig unheimlich zugleich, Zuhause und Fremde gleichzeitig.
Ich habe bis jetzt viele Dutzend Gedichte geschrieben, in Deutsch und Türkisch, von denen jedes einzelne von ihr

erzählt. Auch innerhalb meiner Kurzgeschichtensammlung ist sie dauerhaft präsent und gleichzeitig so weit weg. Ich glaube zu wissen, was das Schreiben bedeutet. Ich glaube zu wissen, was das Schicksal eines jeden Künstlers ist, von einem einfachen Schreiberling wie mir bis zu einem Goethe, von einem einfachen Straßenmusiker bis zu einem Michael Jackson, von einem einfachen Maler, bis hin zu einem Picasso – Da ist jene Frau. Dieses eine wundervolle Wesen, um die es letztendlich dann geht.

Die Dunkelheit wird durchbrochen durch Scheinwerfer, die an mir vorbei rasen. Ich sehe dem Auto dabei zu, wie es vorbeisaust, einen Moment später folgt seinem Beispiel ein anderes, nur in entgegengesetzte Richtung. Seltsamerweise passieren mehrere Fahrzeuge immer im selben Moment, dann kehrt wieder Ruhe ein.

Ich glaube der Grund, wieso Künstler so viele Frauen in ihrem Leben hatten, ist nicht derselbe, wie der eines perversen Prominenten aus Hollywood. Goethe und der Playboy Begründer sind definitiv nicht von derselben Sorte – wie einmal ein Mitschüler von mir bemerkte. Wer nicht schreibt, wer nicht in irgendeiner Weise sein Leben für die Kunst gibt – der kann das nicht verstehen. Und mit Schreiben meine ich kein Fifty Shades of Grey – das ist keine Literatur, sondern gebundenes Klopapier. Nein, ich meine Schreiben, das einer Sache dient (Ja, Fifty Shades of Grey hat auch einen Sinn, aber ich rede nicht davon, frustriertem Sexleben nachzuhelfen).

Thomas Mann sagte in seinem Tonio Kröger schon etwas wie: „Um ein Schaffender zu sein, muss man vorher gestorben sein".

Wieder rast ein Auto vorbei. Ich halte an, und schließe die Augen. Mit dem Schreiben geht man einen Pakt ein, glaube ich. Das Schreiben bietet Freiheit. Es bietet volle Entfaltung, die Chance, sich zu widersetzen. Der Stift ist die wertvollste Waffe, das geschriebene Wort die gefürchtetste Widerstandsform eines jeden Systems. Die Kunst war schon immer die Stimme der Unterdrückten, so sagt man zum Beispiel auch, dass die unterdrückten Menschen die schönsten Stimmen hätten. Weil das ihre einzige Form des Widerstandes ist. Weil sie darin ihr Leid ausdrücken und es so stark beleben, dass auch wenn sie sterben – ihr Lied ewig gespielt wird.

Das Schreiben, das Musizieren und das Malen sind der Kunst untertan. Und die Kunst selbst?

Ich muss lächeln. Von der Kälte spüre ich nichts mehr.

Die Kunst dient der Liebe.

Mehrere Autos rasen vorbei. Ich öffne die Augen und blicke hinauf zum Himmel. Pechschwarze Dunkelheit möge einen umhüllen und die Sterne fehlen – irgendwo, inmitten dieses Meeres aus schwärze ist der Mond zu finden. Hell beleuchtet blickt er auf die Erde hinab. Und so ist es auch mit jener Frau – nur dass sie nicht von der Sonne, sondern göttlichen Lichtes beleuchtet wird.

Ich setze mich wieder in Bewegung. Dabei sehe ich zwischen die Bäume zu meiner Linken (Ich bin durch das Versprechen an meinen Vater daran gebunden, nicht durch den Wald zu laufen) und zu denen zu meiner rechten. Man kann sich darin verlieren, ich war schon mal nachts im Wald. Doch er kann noch so groß sein – der Mond weist einem die Richtung. Egal wie dicht das Äste Gestrüpp auch sein mag, irgendwie ist er immer zu sehen. Und so ist es auch mit jener Frau. Mit der Quelle aller Träume.

Das Schreiben lindert den Schmerz, sorgt für eine schnelle Vernarbung der täglich reißenden Wunden – aber es verlangt auch seinen Tribut: Auf jedem leeren Blatt Papier, dass man füllt, hinterlässt man im Nachhinein nicht nur schwarze Buchstaben, sondern auch einen kleinen Teil seiner selbst. Man gibt ein kleines Stück seiner Seele weg, um die Worte am Leben zu halten. Irgendwann, nach vielen Jahren ist man aber ausgelaugt. Alles ist gegeben – Zurück bleibt eine klaffende Leere, ein nichts.

Es sei denn man hat diese Frau. Denn sie lässt das gegebene wie ein Nichts erscheinen.

Es gibt noch einen weiteren Preis, nämlich Lebenslanger Dienst. Wer meint, das Schreiben würde ihm zu Diensten stehen oder wäre sein Werkzeug, der sollte als Lügner gebrandmarkt eingesperrt werden. Wenn das Schreiben ruft, dann gibt es nichts, was dich aufhalten kann.

Wenn das Schreiben aber nicht ruft, dann ist es unmöglich. Erzwingen ist reine Zeitverschwendung – selbst wenn man dann was zu Papier bringt, ist dieses gleich zusammenzufalten und weg zu werfen – besser für alle. Der Weg wählt dich, nicht du den Weg.

Das Schreiben ist ewig, wir sind nur vorübergehende Diener, die mit ihm einen Pakt schließen.

Aber es ist der einzige ewige Dienst, den man freiwillig aufnimmt. Gibt es denn einen besseren Lehensherrn als die Kunst, und einen größeren Gebieter als die Liebe? Nur einen und das ist der Herr der Liebe selbst: der Allmächtige.

Ich glaube die Großen der Kunst zu verstehen. Ich maße mir dabei nicht an, mich mit ihnen auf eine Stufe zu stellen, aber ich glaube sie verstanden zu haben. Man meißelt diesen einen Namen in sein Herz, nein in seine Seele, und dann versucht man ihn auszusprechen. Man sucht bis an sein Lebensende nach den richtigen Worten um sie zu beschreiben, auch nachdem wenn man selbst unter der Erde vermodert. Ob es ihr Duft ist, für den man an jeder einzelnen Blume riecht oder das Geheimnis hinter ihren tiefen Augen ist, für den man bis zum sagenumwobenen Meeresgrund taucht – es wird ihr doch nicht gerecht. Aber müde wird man auch nicht. Immer wieder aufs Neue versucht man es, wie Sisyphos, der den Stein immer wieder aufs Neue hoch zu stemmen versucht. Man schreibt über die Vollkommenheit, die man dann sucht. Die Muse besitzt sie, aber die anderen nicht. Die anderen besitzen lediglich Teile davon. Ich erinnere mich an ein Mädchen mit einer wundervollen Stimme. Ihre Stimme gab ein Versprechen, dass ihre Augen gebrochen haben. Doch meistens steckt man schon drin und erkennt die Wahrheit erst, wenn es schon zu spät ist. Dann ist man wieder einsam und zurück bleibt nur die Erkenntnis, wieder etwas falsch gemacht zu haben.

Alle anderen Frauen sind nur Nebendarsteller. Es gibt welche, die Sexy sind aber nicht zu mehr taugen, jene, die nur Bildhübsch sind und dann wieder jene, die beides nicht besitzen aber dafür einen Hauch von diesem Zauber. Aber nur diese eine Frau vereint alle drei und ist damit vollkommen.

Jedenfalls glaubt man das.

Die anderen Frauen sind nur flüchtige Häfen, zu denen sich das halb zerstörte Boot vor dem Sturm flüchtet. Jede Frau hat etwas Besonderes – keine Frage. Manchmal eine Rundung, dann wieder ein Lächeln oder einfach nur ein Blick – alles Merkmale, in dem man nach der Muse selbst sucht. Etwas, was an sie erinnert. Jede Frau hat etwas, aber diese eine Frau vereint alles. Jene Häfen bieten trügerische Sicherheit, mehr nicht. Und kaum erkennt man dies, geht es zurück aufs offene Meer, zurück zu Sturm und Ungewissheit. Auf der Route zu diesem einen Hafen. Entweder man geht verloren in den Weiten der Kunst wie viele andere auch, oder man erreicht das Ziel. Aber so nahe man dem Ende auch sein mag, ihr Lächeln reicht aus, um die Reserven wieder zu füllen. Und so schreibt man weiter. Mit der Aufgabe, sie zu verewigen. Auf die Liebe wurden schon viele tausend Lieder gesungen, unendlich viele Worte geschrieben – aber es ist noch lange nicht genug. Die Aufgabe eines jeden Künstlers ist es, ihr neues zu widmen. Dann ist man frei. Vielleicht ist man ewig allein auf dieser Reise, muss zusehen, wie Menschen kommen und wieder gehen, vielleicht besitzt man nicht das, was die anderen normales Leben nennen – aber man ist frei. Man sprengt die lächerlichen Grenzen, die der moderne Mensch Realismus nennt. Man findet die Liebe, die hinter diesen Grenzen liegt. Denn niemals lässt sich die Liebe vom Realismus bezähmen! Auch wenn man will, einmal angefangen ist es unmöglich aufzuhören.

Von diesem Eid kann nur der Tot entbinden.
Oder sie.

Sonntag
Ich fange an zu beten. Fünf Mal am Tag.
„Die Beziehung zu Gott darf man nicht abkühlen lassen!", hat er mir erklärt: „Wie willst du gut sein, wenn du dich nicht von der Quelle des absoluten Guten näherst?".

Dienstag
Vor der Mathestunde…
Dass es mit dem Schwänzen nicht geklappt hat, ist traurig.

Aber da ist wohl nichts zu machen.

Schließlich hat er mich gesehen!

Der Gedanke es trotzdem zu tun, ist verführerisch. Wie die Geliebte des Chefs. Wenn man brav seine Arbeit tut, dann gibt es keine Probleme. Wenn man sich aber viel lieber mit der Geliebten amüsiert, dann funktioniert es nicht mehr so recht. Aber in diesem Fall ist es noch schwieriger. Die Geliebte zu verführen ist nicht das eigentliche Problem:

Man darf sich halt nicht erwischen lassen.

Ich wurde gesehen.

Also lass ich's.

Trotzdem ist die Vorstellung noch immer verlockend. Ihren Reiz gibt die verbotene Frucht niemals auf. In meinem Fall die Zeit. Und der Gräuel, dem ich nur allzu gerne entkommen würde, ist der Matheunterricht.

Ergeben werfe ich meine Taschen neben die Tür und lehne mich an die Wand.

2 Stunden.

Mathe.

Danach 2 Freistunden, aber die sind auch nicht zu mehr nutze als zur Regeneration und Erholung.

Mehr nicht. Keinen Launen Aufschwung, kein +1 Laune. Geht man von einer Skala 1-10 aus, dann liegt die Laune nach einem gewöhnlichen Matheunterricht bei minus dreihundert.

Und nach den zwei Freistunden?

Genau Null. Nicht mehr, aber auch nicht weniger.

Ist das gut oder schlecht?

Weder noch, ist klar: nicht mehr nicht weniger – meine Worte.

Nur, was ist mit dem "*weder noch*"? Ist DAS gut oder schlecht?

Drei "Jungs" trotten heran. Wenn man nur ihre Kleidung beachtet, dann sind sie nicht von Mädchen zu unterscheiden.

„Man, hoffentlich ist der Hurensohn krank", meint Jan.

„Jaman, alta!", meint Maki: „Gar kein Bock auf den Penner".

Kurz darauf erscheint Herr Fotografisches-Gedächtnis. Unser Lehrer. In meinen Augen ein unglaubliches Genie. In anderen

Augen ein Trottel mit dem Hirn einer Maise. In einem Punkt sind wir uns aber alle einig: Immer für einen Lacher gut.

„Arman…Arman…", murmelt er, während er die Tür aufschließt. „Wow, Sie können meinen Namen!", lobe ich grinsend.

„Immerhin einen", entgegnet er sichtlich stolz. Er steckt einen Schlüssel rein und beginnt zu fluchen: „Mann! Es sind immer nur zwei, die in Frage kommen und ich greife immer den falschen!".

Er steckt den zweiten rein. Die Tür öffnet sich.

„Boa, hier stinkt's!", stoße ich aus.

„Schnell, die Fenster aufmachen!", fordert er in seinem üblichen schleppenden Tonfall. Obwohl um ihn herum alle in den Raum stürmen und wild drauf los schnattern, behält seine Stimme den üblichen Rhythmus und dieselbe Geschwindigkeit.

Nachdem alle Platz genommen haben, fängt er an.

An seinen Kleidungsstil werde ich mich wohl ewig erinnern: Die Hose hängt ihm halb runter und sieht aus wie eine aus vergangenen Jahrhunderten. Hüftaufwärts das Gegenteil. Hemd und Strickjacke. Die abstehenden, braungefärbten Haare hingegen…

Klischees gibt es eben nicht umsonst. Ein typischer Physiker.

„Gestern", fängt er an: „Gestern habe ich mit den anderen Kollegen hier gesessen, während ihr Schulfrei hattet!". Kurze Pause.

„So".

Eine weitere kurze Pause.

„Und da war hier ein Schulpsychologe der gesagt hat…". Wiederholung.

„…der gesagt hat…" Fortsetzung.

„Dass man schwierige Schüler immer dort abholen muss, wo sie stehen geblieben sind!". Okay.

„So".

Weiter.

„Und immer Zuspruch geben muss! Deshalb sage ich…". Wiederholung.

„…Deshalb sage ich neues Halbjahr: Neues Spiel, neues Glück!".

Er hat Recht. Es kann besser werden.

„Was ein H*ue*nsohn", meint Julian augenrollend. Mittlerweile schlagen sich Rechtschreibfehler auch auf die Sprache aus. Mir entgeht nicht, wie viele die Augen rollen und über ihn lachen.

Dem folgen uninteressante Sachen, bevor er mit dem Unterricht beginnt: „Also, Vektoren…", ich verstehe nicht, wie er es immer schafft, aber tatsächlich schweift er wieder ab.

„Ab und zu muss ich ja auch mal etwas erzählen! Das ist nicht schlimm!".

Diesmal beginnt er wirklich mit dem Unterricht, teilt uns ein Arbeitsblatt aus: „Bitte jetzt aufpassen!", er bricht ab und blickt einen schwätzenden Jungen an. Nach einigen Sekunden fragt er: „Wie heißt du noch mal?".

Seit gut sechs Monaten ist er unser Lehrer.

„Ach ist ja auch egal, ich werde ihn sowieso vergessen!", tut er ab, bevor er erklärt: „Wenn der Zug losfährt und man den Start verpasst hat, kann man ihn noch erreichen. Solange der Abstand noch klein ist. Irgendwann ist der Abstand aber zu groß und ihr könnt noch so schnell hinterher rennen – es ist zu spät!".

Wieder blicken sich einige verständnislos an und lachen. „Es ist wie beim Skiwettlauf. Die zehn Meter Abstand kann man locker aufholen – irgendwann kann man sich aber noch so anstrengen, es ist zwecklos".

Er hat Recht. Dieses Phänomen lässt sich nicht nur aufs Lernen übertragen, sondern auch auf…

Ich schüttele den Kopf. Ich muss mich konzentrieren.

Müde werfe ich einen Blick auf die Uhr. Herr Fotografisches Gedächtnis hat an irgendeine Ecke in seinem chaotischen Tafelbild eine Null fett markiert. An dieser Stelle tut er mir wieder leid. Ein so großes Genie, dessen Sprache nur keiner von uns versteht.

„Woher kommt eigentlich die Null?", fragt er plötzlich. Keiner meldet sich. Manche schlafen mit offenen Augen. Andere spielen unterm Tisch mit ihrem Handy. Wieder andere reden miteinander. Ich blicke eine Gruppe von sechs Jungen an.

„Ein Jude würde das wissen", murmelt Michael und sie fangen alle an zu lachen. Ich begrüße meinen alten Freund, den Ekel.

„Die Kirche behauptet", erklärt Herr FotografischesGedächtnis in seinem legendären Ton: „Die Kirche behauptet, dass einige Mönche sie vor ein paar Jahrhunderten erfunden haben". Außer mir hören nur ein paar wenige zu. Mein erster Impuls ist es, zu rebellieren.

„Die Zahlen kommen nicht aus Europa!", will ich widersprechen. Doch ich halte mich zurück.

Ganz ruhig, Herr Anwalt!

Die Kirche behauptet hat er gesagt.

„Aber das stimmt nicht! Es waren nicht nur die hochgelobten Griechen, die etwas entdeckt haben. Die Null kommt, wenn man ganz weit geht, aus Indien, so diesem Gebiet. Von uns kommt gar nix!".

Richtig, er spricht zwar etwas kreuz und quer, aber ich spüre, wie er mir sympathischer wird.

„Wir sind eigentlich einfache Bauern!". Jetzt hören ihm schon deutlich mehr zu.

„Der Grund, wieso wir heute auf die Iraner und Iraker und wie sie alle heißen so von oben herab gucken können, ist, weil wir Europäer in der Geschichte die besten im Klauen waren!".

Diesen Moment halte ich im Gedächtnis fest. Wo ist nur mein Kalender, um den Tag zu markieren:

Nicht ich gucke verständnislos drein, während alle Augen auf mich gerichtet sind – sondern andersherum.

„Während wir noch Bauern waren, gab es in diesen Ländern Hochkulturen. Wenn sie nicht wären, würden wir nicht hier sitzen sondern immer noch den Stall ausmisten! Was denkt ihr woher die Taschenrechner in euren Händen kommen? Die Islamisten oder Muslime...ich kann die nicht so recht unterscheiden...", einige fangen an zu lachen: „...sind mit Andersgläubigen gerecht umgegangen. Egal ob Christ oder

Jude, man konnte in Frieden unter ihrer Herrschaft leben. Hochkulturen waren das! Wir dagegen", er macht eine wegwerfende Bewegung: „Wenn einer von ihnen über die Asien-Grenze her kam, haben wir ihm unsere Spieße entgegengehalten!", er sieht durch seine Hornbrille in die Runde.

„Kein Wunder, dass sie heute sich einen Gürtel umschnallen und in die Luft jagen. Was sie heute machen, ist nichts anderes als das, was wir mit ihnen gemacht haben. Und ich sage das als

Katholik!", dabei hebt er die Hand, wie um die Leute zu beschwichtigen: „Deshalb kann mir keiner etwas vorwerfen", erklärt er mit einem Grinsen: „Ich sage nicht, dass das gut ist, um Gottes Willen, aber man sollte nicht…". Wiederholung. „… man sollte nicht mit dem Finger auf sie zeigen und sagen: alles Terroristen und wir sind Engel! Viele große Denker kommen aus der Ecke", er macht eine Geste in die Ferne: „Wir Deutsche sind Feiglinge!", fährt er fort: „Kein einziger hat sich getraut, Adolf, dieses kleine Männlein, zu erschießen!". An dieser Stelle runzle ich jedoch auch die Stirn. Was ist mit Staufenberg? Aber ich halte mich zurück, es gibt schließlich immer Idioten, die einen nicht ausreden lassen, sondern etwas reinrufen.

„Was ist mit Staufenberg?", ruft Leonard rein.

Herr Fotografisches-Gedächtnis macht eine abwehrende Handbewegung: „Keiner hat sich getraut! Sonst hätten sie ihr eigenes Leben geben müssen. Er hätte sich die Bombe umschnallen und zu Adolf gehen müssen", er beginnt theatralisch die Luft zu umarmen: „Und Hallo mein bester Freund sagen müssen". Ich muss grinsen. Ich kann einfach nicht anders. Trotzdem stimme ich ihm in diesem Punkt nicht zu. Allein mit der Ermordung Hitlers wäre es nicht getan gewesen. Hitler war nicht der einzige, der sechs Million tote Juden auf dem Gewissen hatte. Staufenberg hatte versucht alles zu verändern, allein mit Hitlers Tot wäre das nicht getan. Vielleicht wäre die Zahl der Opfer niedriger. Aber das ist pure Spekulation. Und außerdem, fällt mir gerade auf, ist es Quatsch, was ich denke: Staufenberg wollte Hitler nicht, weil der sein geliebtes Deutschland in Gefahr gebracht hatte und nicht, weil er etwas gegen Nationalismus oder die Verfolgung von Juden hatte. Oder wo war er seit 1933?

„Aber Hitler war ja auch ein Idiot. Er hätte es sich zunutze machen müssen, dass die Ukrainer ihn mit offenen Armen empfangen haben, weil die ja selbst unter Stalin gelitten haben. Wenn Er es geschafft hätte, dann wäre ich jetzt vermutlich Fürst in irgendeiner russischen Gegend", er schüttelt den Kopf: „Gott sei Dank ist dem so nicht!". Ich merke, wie er unter seiner trägen Haltung die Leute mustert. In seinen Augen liegt Gewitztheit. Er will provozieren, er testet uns.

Mit einem schelmischen Lächeln setzt er sich: „Oh Gott, wenn das jetzt einer aufschreibt, dann krieg ich wieder Ärger!". Spitzbübisch grinse ich.

„Aber feuern können Sie mich nicht!", breit grinsend hebt er den Zeigefinger: „Ich bin nämlich Beamter!". Wir lachen alle. Er macht weiter mit Vektoren. Es beginnt langweilig zu werden. Ich versuche mich zusammenzureißen.

Der Zug beginnt nämlich loszufahren.

Später am Abend…

Frauen wollen, nein dürfen auf keinen Fall das letzte Wort dem Mann überlassen, man muss immer brav bitte sagen und auf gar keinen Fall darf es etwas geben, in dem sie benachteiligt sind.

„Ich lass mir doch nichts von dem sagen!", sind typische Sätze oder: „Wieso, darf ER doch auch!".

„Ich lass mir von meinen Eltern nichts sagen! Wenn ich etwas will, dann schreie ich sie an und tue es!", habe ich vor kurzem in der Schule gehört. Besagte Dame war auf keinen Fall tendenziell maskulin oder etwas dergleichen.

Jedenfalls hat sie das in einer trotzigen Haltung gesagt. Was sie nicht ausgesprochen hatte: „Wenn mein Bruder das darf, dann darf ich das auch!". Interessanterweise machen die Frauen sich mit ihren Komplexen kleiner, als sie es je waren. Frauenquote, toll!

„Es ist mein Recht in einer Führungsposition zu sein! Denkt an die Frauenquote!". Für alles braucht man Quoten – andernfalls kann der moderne Mensch nicht gerecht ein. Ich frage mich, wann es wohl die ersten Debatten über Behindertenquoten geben wird.

Was man früher unter Männern als Schwanzvergleich bezeichnet hat, findet mittlerweile auch bei Frauen statt.

Und zwar wortwörtlich. Wer hat ihren Mann am besten in der Hand (unter Singles viel mehr wer die meisten abschleppen kann), welche ist am bekanntesten/verdient das meiste Geld und welche ist die trinkfesteste.

„Also ich kann das Wochenende nicht überstehen, ohne mich einmal ordentlich abgefüllt zu haben!", so eine der Vorzeigeschülerinnen unserer Elite Akademie.

Aber die Betonung liegt auf dem Wort früher. Jetzt ist in der Top-Ten Checkliste für Männer an erster Stelle das Zupfen! Bei wem sieht es zwischen den Augenbrauen am besten aus? Bei mir! Bei mir! Hört man die hohen engelsgleichen Stimmen schon aufgeregt rufen. Und nein, keine Frauen in Häschen Anzügen. Kein junges Playmate. Sondern "Männer", Seiten kurz, Böser blick und Haarwachs.

Es sind neue Schuhe draußen? Sofort besorgen!

Die Haare lassen sich nicht stylen – greif zum Glätteisen!

…

Eine endlos lange Liste. Dem weiblichen Geschlecht gegenüber muss man fair bleiben.

Es war im Kino. Vor mir ragte die Glatze eines Mannes hoch in den Himmel empor. Jedenfalls setzten sich zu unserer linken weitere zwei Leute, die nervenverzerrende Werbung hatte gerade begonnen, als ein Paar auftauchte. Ein Mann und eine Frau. Die Frau marschierte festen Schrittes vorne mit den Tickets weg, während der Mann mit Popcorn und Getränk hinterher schlurfte. In unserer Reihe hielt die Dame an. Blickte auf ihr Ticket, dann wieder auf. Sie beugte sich über uns und flüsterte: „Entschuldigen Sie, ich glaube, Sie sitzen auf unseren

Plätzen!".

Ich prüfte, ob wir gemeint wären, als dem nicht so war, versuchte ich sie einfach zu ignorieren.

„Nein, wir sitzen auf unseren Plätzen!", gab die Dame zu unserer Linken leise zurück. Ein Streitgespräch begann.

Wie ich später bemerken sollte, schwiegen die Männer beider Fraktionen, versuchten, sich so klein wie möglich machen. Naja, am Schluss meldete sich der Herr mit dem Popcorn und dem Getränk vorsichtig: „Schatz, ist doch egal, wir setzen uns einfach wo anders hin!".

„Nein!", zischte sie zurück: „Das sind unsere Plätze und ich will sie zurück!". Ihr Tonfall machte deutlich, dass seine großzügige Bereitschaft nachzugeben, nicht das erste Mal hervortrat und ihr mächtig auf den Sa… ähm ich meine auf die Nerven ging. Verleitet durch eine Ahnung blickte ich auf mein Ticket und auf meine Sitznummer – beinahe hätte ich angefangen lauthals zu lachen. Wie sich herausstellte, saßen WIR auf den falschen Plätzen.

„Entschuldigung, wie lautet Ihre Nummer?".

„13 und 14" antwortet sie. Ich klatsche in die Hände: „Gut, dann haben wir Ihre Plätze genommen".

Noch während wir uns entfernen höre ich sie: „Siehst du!" triumphieren. Was sie davon hatte?

Sie war nicht viel größer als ich, also kam sie den ganzen Film über in den Genuss der hoch ragenden Glatze.

Und wir?

Wir saßen an einem perfekten Platz. Kein drei Meter Turm vor uns und auch kein zweihundert Kilo schwerer Brocken zu unserer Seite.

Frauen, so verbreitet das auch sein mag, interessieren sich nicht bloß für Frisuren oder Schuhe. Stärke, Denken, Prinzipien, Männlichkeit – das sind auch Dinge, die auf Frauen verlockend wirken (Ich meine keine Leggings Trägerinnen mit Nike Air und Cappy). Für die reicht es ins Fitnessstudio zu gehen und zu schwitzen.

Ich meine richtige Frauen. Aber solche Frauen brauchen eben auch dementsprechende Männer!

Nur, wo sind sie?

Dienstagmorgen

Freistunde

„Also ich will nicht studieren", erklärt Ann-Luisa: „Ich will lieber eine Ausbildung machen, schnell Geld verdienen". Sie, Katharina, Sharen und ich sitzen zusammen. Irgendwie ist es schade um meine Freistunde.

„Ich mein' ich kann ja nicht ohne Auto auskommen!".

„Wieso?"; frage ich verwundert.

„Ay, wie soll ich denn zur Uni und wieder zurück? –Ich hab doch keine Lust immer den Bus zu nehmen". Ich schweige – die anderen nicken.

„Außerdem", fügt sie hinzu: „Will ich auch ein Haus bauen". Katharina und Sharen stimmen ihr zu: „Von mir aus kann es auch ein altes sein – Hauptsache ein Haus", meint Katharina dazu.

Als würde jeder, der kein Haus hat, nicht richtig leben. Herr Politisch-korrekt hatte im PoWi Unterricht mal angesprochen, dass ein großer Teil unserer Gesellschaft unbedingt ein Haus will – So viele Kinder wachsen in geschiedenen Haushalten auf, so viele Menschen gehen an Depressionen zugrunde, einsam trotz tausender Facebook Freunde, Entfremdung der Menschlichkeit – aber Hauptsache ein Haus.

„Wieso wollt ihr eigentlich alle ein Haus?", frage ich.

„Ja, Familie, Kinder, viel Geld…", erklärt Ann-Luisa.

„…dreißig Jahre Haus abbezahlen", korrigiere ich ihre Liste.

Sie zuckt mit den Achseln: „Meinen Eltern geht's gut". „Man kann auch ein Haus kaufen ohne einen Kredit aufzunehmen", erklärt Sharen.

„Alles ist geplant!", erklärt Ann-Luisa: „Es muss einfach so klappen! Sonst weiß ich nicht, was ich tun soll".

Einfach mal den Moment genießen ist ein Privileg.

Keine Visionen nichts, einfach ein Standard-Leben führen: Heiraten, zwei Kinder, Haus mit Garten und mit vierzig dann vor dem Fernseher ein Bierchen trinken, bevor man ins Bett geht und der Routine halber einmal die Woche Sex hat.

Der macht aber auch keinen Spaß mehr – Routine eben.

Sie fangen an über die vergangene Deutscharbeit zu sprechen. Herr Guth hatte uns Fünf Minuten alleine gelassen, bevor

64

seine Vertretung gekommen war. Jetzt werden die Theorien im geheimen Rat ausgetauscht.

„Ich glaube er denkt einfach ja, wenn jemand, der im ganzen Text nur Müll stehen hat, plötzlich am Ende starke Argumente hat, dann kann er nur abgeschrieben haben – und so kontrolliert er das", ist die eine Theorie.

„Oder er guckt einfach nach seinem Gefühl wie jemand so schreibt, und wenn er in dieser Arbeit stark abweicht dann merkt er es", ist eine weitere Theorie.

„Oder es interessiert ihn einfach nicht", ist die dritte Theorie.

„Oder er vertraut uns einfach", entgegne ich.

Es klingt so abwegig, dass es allen Anwesenden die Sprache verschlägt.

Mittwoch

„Arman, du bist komisch", meint das Mädchen, das früher immer an mir rumgespielt hat.

Beinahe hätte ich sie für dieses Komplimentes umarmt. Normal bedeutet eintönig, wie sie zu sein. Und Komisch ist nicht Normal – also auch nicht eintönig und nicht wie sie, oder?

Donnerstag

Chemie…

Frau Kompetent ist weg, so dass keiner sich mehr mit Chemie beschäftigt. Sie wollte irgendetwas holen und hat verlangt, dass wir in unseren Gruppen weiter arbeiten. Kaum ist sie weg, herrscht Chaos. Chila sitzt neben mir. Ich fange an wie ein Wasserfall drauf los zu reden. Sie ist von der Sorte Leute, die über alles lachen müssen. Das tut sie auch.

„Chila, ich hab dich nicht danach gefragt, wieso erzählst du mir das dann?", frage ich sie stirnrunzelnd, als sie mir etwas erzählt: „Das interessiert mich überhaupt nicht". „Ich kann dich nicht ausstehen!", ruft sie lachend aus. „Obwohl ich dich so sehr zum Lachen bringe?", frage ich gespielt empört.

„Kannst du nicht mal leise sein?", fragt sie um ein ernstes Gesicht bemüht. Ich schweige. Und zähle gedanklich die Sekunden.

Bei vierzehn angekommen, beginnt sie zu reden.

Freitag

Vor der ersten Stunde in der Aula...

Ich möchte ihr nicht wehtun, indem ich ihr sage, dass sie sich verziehen soll. Deshalb erdulde ich sie. Ich hatte mich vom Rest meines LK's weg gesetzt, um in Ruhe mich um meine Sachen kümmern zu können. Was sie mit ihrem Auftauchen zunichte gemacht hat. Hastig packe ich die Blätter weg.

„Was war das?", fragt sie neugierig.

„Chemie Hausaufgaben", antworte ich und bringe sie mit meinem gespielt angewiderten Gesichtsausdruck zum Lachen. Sie spricht und ich gebe an den richtigen Stellen die richtigen Antworten.

„Deine Freundin hat gestern gesagt, dass sie mich richtig mag!", lüge ich. Ich will Chila ein wenig ärgern.

„Ich hab dich auch voll lieb!", entgegnet Alina mir jetzt.

Oh Gott...

„Du bist ehrlich und sagst immer was denkst! Und...".
Irgendetwas muss ich getan haben, dass sie falsch verstanden hat und mich nicht in Ruhe lässt.

„Tja, so bin ich eben", zwinkere ich ihr zu. Nach kurzer Zeit deute ich auf unseren LK und meine: „Komm, lass uns mal zu ihnen gesellen und schauen was die zu sagen haben", ich spreche in einem Ton, der sie zum Lachen bringt. So beschäme ich sie womöglich nicht allzu sehr.

Während die üblichen Gespräche über Führerschein und Fahrlehrer geführt werden, sagt mir ein Blick auf die Uhr, dass es Zeit ist, aufzustehen. Ich ziehe gerade meinen Mantel an, als Alina plötzlich auch aufsteht.

„Ich komme mit dir".

Das habe ich davon.

Am Abend...

66

„Du musst lesen!", donnert mein Vater.

Ich rolle mit den Augen: „Ja, tue ich doch!".

„Wie viele Bücher hast du in den letzten zwei Monaten gelesen?".

„Ich lese zwar nicht jeden Tag, aber ich lese…", sein Blick lässt mich verstummen.

„Lass diese Wortspiele und gib mir eine Antwort auf meine Frage". „Drei". Seine Augen weiten sich, ich höre ihn schon denken:

Nur drei?!

„Und wie viele davon waren Schullektüre?".

Ich trete von einer Stelle auf die andere. Jetzt hat er mich.

„Drei", antworte ich.

Was danach folgt, gleicht einer Naturkatastrophe. Am besten ist es ich halte die Klappe. Er hat schließlich auch Recht. Mein Gott, ich habe in der dritten Klasse mehr gelesen als jetzt!

„Okay ich lese", kapituliere ich: „Ich gehe dann morgen ein Buch kaufen".

„Nein, mach dir nicht die Mühe, mein Junge! Ich gebe dir schon ein Buch", lächelt er, sein Blick sagt:

So einfach kommst du mir nicht davon.

Samstagabend

Nach der Arbeit

Auf dem Weg Nachhause…

Ich habe meinem Vater versprochen, nicht durch den Wald zu laufen. Wenn ich jetzt so durch die Dunkelheit laufe, die Kopfhörer im Ohr und die Bäume vor Augen… Die Verführung ist groß. Ich mag es nicht, über gepflasterten Boden zu laufen, während zu meiner rechten und linken das Laub unter meinen Füßen zu rascheln verspricht oder die Bäume Geborgenheit und Rückzug bieten, während auf der Straße die Autos mit ihren Scheinwerfern und dem Lärm mich abschrecken.

Trotzdem: Ich habe es ihm versprochen. Also laufe ich über gepflasterten Boden. Zu meiner linken die Bäume, zu meiner rechten die Autos. Die Dunkelheit hätte mein Zuhause werden können. Sie verspricht einiges. Gut, die Helligkeit hingegen verspricht vieles: Eine heile Welt, Sicherheit und Frieden. Gerechtigkeit und Bestätigung.

Die Wirkung der Musik ist faszinierend. Sie ist wohl die einzige Sprache, die alle Menschen zu vereinen sucht. Ob man will oder nicht, welche Stimmung auch immer, ob dunkel oder fröhlich – sie zieht einen mit sich. Man braucht den Text oftmals nicht zu verstehen, die Melodie oder der Beat reichen völlig aus, begleitet eben von einer passenden Stimme. Ich blicke zu meiner linken. Die Dunkelheit übt einen so starken Reiz aus… aber gleichzeitig ist sie abschreckender als alles andere.

Ist es das, was sie so einzigartig macht?

Ich komme an einer hell beleuchteten Bushaltestelle vorbei. Weitere Zehn Meter später hingegen völlige Schwärze. Es ist, als würde man in die dunklen Tiefen des Ozeans tauchen. Der Unterschied ist nur, es gibt keine Helligkeitsabstufungen. Kein Blau, kein dunkelgrün.

Nur Schwarz und Pechschwarz.

Zu meiner rechten liegt eine Straße mit einer kleinen Anzahl von Häusern, die sich nur wenige Menschen leisten können. Ich biege in die Straße ein und blicke die Häuser an. Eines ist rund zwanzig Meter vom Gartentor entfernt und durch ein paar Bäume verborgen. Was für Geheimnisse verbergen sich wohl hinter diesen Wänden?

Und wozu sich an so einem Ort verschanzen? Ich kehre wieder um. Ich mag solche Orte nicht. Wieso legen sich die Leute selbst Ketten an? Ein Haus mit Garten, eine Frau mit der man sich gut versteht, ein Auto und einmal im Jahr in den Urlaub – ist es das, was das Leben zu bieten hat?

Wenn man Geld hat, schon. Wenn nicht – dann frieren. Der Zorn überkommt mich mit solch eine Wucht, dass ich taumle. Ich bin wieder bei der beleuchteten Bushaltestelle angekommen.

Komm lädt die Dunkelheit ein, Komm, ich biete dir ein wenig Abstand von dieser Scheinwelt.

Ich tauche in die schwärze.

Das Leben ist unfair? Nein, das glaube ich nicht. Gott ist unfair? Gott interessiert sich nicht für die Menschen? Oder es gibt einfach keinen Gott, weil es einmal den hungernden und den dekadenten Menschen gibt?

„Wenn vor einem Brunnen fünf Schalen sind, und der Brunnen Wasser in die erste Schale gibt, welches diese weitergeben muss, sich aber weigert es zu teilen – wo ist da die Schuld des Brunnens?", erinnere ich mich an Babas Worte.

„In meinem Leben sind einige Dinge passiert, ohne dass Gott mir geholfen hat. Deshalb glaube ich nicht, dass es ihn gibt!", erinnere ich mich an die Worte eines eines Mitschülers.

Was ist denn in seinem Leben passiert? Wurde er aufgrund seiner Herkunft misshandelt und vertrieben? Muss er fern von den eigenen Wurzeln in der Fremde aufwachen? Was ist denn in seinem Leben passiert?

Dürr wie ein Skelett und läuft mit hautengen Sachen rum, so dass er sich kaum bewegen kann – dabei blickt er wie ein Gangster um sich herum.

Ich halte an. Plötzlich sind weit und breit keine Autos zu sehen. Ich nehme die Kopfhörer raus und lege den Kopf in den Nacken. Für den Augenblick schließe ich die Augen.

Das Rascheln der Blätter, das Pfeifen des Windes und dieses magische Geräusch, welches nur dem Wald zu eigen ist – all das versuche ich aufzunehmen. Für diesen einen Moment Ruhe. Es scheint, als wäre die Zeit stehen geblieben. Ich öffne die Augen wieder. Wie wird's hier wohl in fünfzig Jahren aussehen? Wird es diese Momente noch geben, in denen Mutter Natur uns tröstet?

Ich höre Autos kommen. Scheinwerfer werden sichtbar. Der Moment ist zerstört. Aber macht nichts, ich habe ihn gespeichert, ihn gelebt und diese verdammten Scheinwerfer werden ihn mir nicht nehmen können.

Ich laufe weiter. Ein Fahrradfahrer fährt vorbei. Auf eine eigentümliche Art erinnert dieser Weg mich an das Leben, und die Autos an Menschen. Zwischendurch ist man auf einem erhellten und klaren Pfad, dann sieht man nicht mehr, was oder wer vor einem lauert. Teile des Weges sind dunkel. Zwischendurch kommen Leute, die dir deinen Weg verdeutlichen, Leute, die sich rückwärts bewegen, oder Leute die schneller als du vorwärts kommen. Leute, die nur kurze Zeit über bei dir sind, bevor sie wieder verschwinden.

Die Helligkeit verspricht eine heile Welt, Sicherheit und Frieden.

Die Helligkeit verspricht viele schöne Sachen.

Sie hält nur wenig davon.

Zwei Wochen später…

Mittwochnachmittag

Forst wird als nächste Haltestelle angekündigt. Ich entscheide mich hier auszusteigen. Dann kann ich nachhause ein wenig laufen, statt die Runden mit dem Bus zu drehen und in derselben Zeit anzukommen. Ich steige aus und durchquere in schnellem Tempo das Neubaugebiet. Dabei denke ich an heute Morgen zurück:

Die erste Stunde ist rum. Wir haben Ethik.

5 Minuten Pause…

„Ey, wir haben Pause".

„Ja, Digga lass raus gehen!".

Mustafa und ich stehen auf und verlassen den Klassenraum.

„Du nah, was schwänzt du als!", fahre ich ihn an. Er winkt ab:

„Digga, scheiß mal jetzt da drauf!".

Okay.

„Sag mal ganz ehrlich, welche Geschichte vom Playboy21 willst du hören?", fängt er an zu lachen. Was habe ich auch anderes erwartet?

„Hau raus!".

„Digga ich war ja bei Sarah, ger", fängt er an.

„Ja, und wie war's?".

„Ja, warte doch, Digga, hör zu! Ich war bei der, ich wollte beenden…", wir kommen gerade am Sekretariat vorbei: „rate mal was die da vorgeschlagen hat?".

Ich hebe ungläubig die Augenbrauen.

„Freundschafts-Plus!". Kaum spricht er es aus, fängt er an lauthals zu lachen. Er erzählt mir dann, dass sie bereit ist alles zu tun – nur Sex stellt sie unter die Bedingung einer

Beziehung. Sie ist bereit alles zu tun – nur für den Geschlechtsverkehr verlangt sie eine echte Beziehung, weil das sonst ihrer nicht würdig wäre.

Sie ist ja nicht so eine.

Verlieren viele Menschen deshalb den Glauben an Gott? Weil die Menschen so verlogen sind? Weil sie an ihrem Handeln nichts Göttliches erkennen? Dabei heißt es doch „Und wir hauchten ihnen einen Teil unserer Göttlichkeit ein" – Es ist wie über Kinderarbeit und Sklaverei auf der Welt zu weinen, aber gleichzeitig sich das neueste Smartphone zuzulegen und die Garderobe mit H&M Kleidung zu füllen.

Ich muss an meine Muse denken. Ich glaube, ich verstehe die Künstler, Ich meine echte Künstler, Schöpfer im Namen der Kunst, wie Goethe oder Picasso.

Es gibt da diese eine Sonne, diese eine Frau. In vielen anderen glaubt man etwas von ihr zu erkennen. Ein winziges Erinnerungsstück an sie. Mag es ein Lächeln sein, eine wilde Lockenpracht oder auch nur eine winzige Regung. Eine Rundung oder die Stimme. Ein Blick, der in dem einen Moment die Welt verspricht. Wir nähern uns. Vergnügen uns mit ihr. Hauptauslöser ist nicht die Lust, sondern die Suche. Die Illusion eines sicheren Hafens. Die Faszination, die Besonderheit einer jeden Frau.

Darauf wird es ernst und man lernt sie näher kennen. Sie bricht das Versprechen, welches ihre Augen zuvor gegeben haben.

Die Illusion zerbricht. Denn sie ist es nicht. Nicht die beschriebene Vollkommenheit von abertausend Gedichten. Nicht das Ziel unserer ewigen Suche.

Zurück bleibt nur das Gefühl der Schuld und Leere. Ein anderer Hafen verspricht neue Sicherheit.

Der Kreislauf wiederholt sich.

Aber da ist diese eine Frau – nähert man sich ihr etwa aus Angst nicht, die Illusion ihrer Person würde nicht aufgehen? Ich weiß es nicht. Bis jetzt habe ich keine Antwort auf diese Frage gefunden. Aber was ist mit den normalen Menschen?

Ich habe das Feld beinahe überquert. In der Ferne sehe ich einen Hund einem Ball nachjagen. Der Lärm der Autos wird lauter.

Es ist traurig. So ein wundervolles Geschlecht… Ich glaube einen großen Teil der Schuld trägt Hollywood. Durch Filme wie Freunde mit gewissen Vorzügen glauben die Leute, es sei normal. Sonst würde ja nicht Mila Kunis darin spielen! Sie fühlen sich als etwas Besonderes, als erwachsen. Sehen die Sängerinnen, die sich in den Musikvideos herumräkeln – und glauben, es wäre normal. Die Vereinigung zwischen Mann und Frau… ein Akt, der erst unter wahrer Liebe seine Heiligkeit erlangt – einfach seiner Würde beraubt, vollzogen mit Menschen, die man nicht liebt, sondern lediglich begehrt. Eins muss man der Moderne lassen, sie hat uns ein tolles Geschenk gemacht: Der Mensch schafft es tatsächlich (auch wenn das Kartenhaus irgendwann zusammenfällt und die Depressionen kommen) sich vorzugaukeln, in den schönsten Farben und dem teuersten Stoff gekleidet zu sein, obwohl er nackt ist. „Hinfort, Dirne!", so habe ich sie heute in den Chemie Raum gescheucht. Etwas passenderes, habe ich leider nicht zu sagen gewusst.

Brauchte ich auch nicht. Sie hat gelacht und selbstverständlich meiner Aufforderung Folge geleistet.

Vermutlich wusste sie nicht mal, was eine Dirne ist. Und selbst wenn – es hätte sie sowieso nicht gekümmert.

Samstagmorgen,
am Frühstückstisch…

Lecker. Schön knusprig, nachdem sie
aufgewärmt wurden. Meine Schwester
hat keinen Hunger, während Baba und
ich kräftig zu langen.

Wir kommen auf die "islamischen" Staaten und ihre Strafmaße zu sprechen, die sie durch die Religion rechtfertigen.

„Der Koran erlaubt zum Beispiel, dass man vor Gericht ausgepeitscht wird. Aber die Vorgehensweise ist genau vorgeschrieben", meine Mutter klemmt den Arm fest an sich, so dass sie nur die Hand bewegen kann: „Der Ellbogen muss eng am Körper liegen. Man kann nur die Hand bewegen – wie willst du so jemanden auspeitschen? Es geht nur um die Beschämung desjenigen, um ihm zu demonstrieren: Du hast falsch gehandelt!". Jemanden zur Strafe in seinem Stolz zu verletzen, verlangt, dass man Leute mit Stolz hat. Ich glaube nicht, dass diese Strafe heute noch viel nützen würde.

„Ja aber was ist mit Zina?", kommt die Frage auf: „Zum Beispiel darf die Frau da ja gesteinigt werden!". Zina steht für außerehelichen Sex.

„Zunächst einmal", beantwortet mein Vater: „Ist Steinigung kein islamisches Gebot. Das gab es schon zu Zeiten der Römer".

„Du musst dir 100 Prozent sicher sein", erklärt meine Mutter: „Dafür reicht es nicht, wenn zwei Menschen nackt nebeneinander liegen, du aber nicht beweisen kannst, dass der Geschlechtsakt vollzogen wurde. Selbst wenn ein dritter behauptet, es gesehen zu haben, muss er einen weiteren Zeugen vorbringen, der ihn bezeugt – Vier Menschen müssen bezeugen, den unehelichen Sex gesehen zu haben – nicht das zwei Menschen nackt nebeneinander lagen, sondern sie müssen bezeugen, dass ihre Geschlechtsteile sich tatsächlich vereinigt haben – Es ist praktisch unmöglich".

So schafft man die Gesetze der Leute nicht ab, aber macht sie unmöglich, geht mir auf.

„Einmal", erzählt meine Mutter: „Gab es eine Frau, die eben Zina gemacht hat und schwanger wurde. Sie kam zum Propheten und verlangte bestraft zu werden. Der Prophet hat versucht es irgendwie zu umgehen, aber die Frau hat sich nicht davon abbringen lassen. Also hat er ihr gesagt, dass sie erst mal ihr Kind zur Welt bringen solle. Dann kam sie wieder zu ihm mit demselben Anliegen. Diesmal wehrte er sie ab, indem er sagt, sie solle es stillen. Es ging immer so weiter, als die Frau mit dem Stillen fertig war, sagte er, dass sie ihm eine Mutter sein soll. Hin und Her, die Frau ließ sich nicht abbringen. Also verordnete er es. Während es vollzogen wurde, spritzen Blutstropfen auf den Ärmel eines Gefährten.

Als dieser angewidert den Arm schüttelt, packt der Prophet ihn und erklärt, dass das Blut der Frau heilig sei".

Mein Vater schüttelt den Kopf: „Nie hat der Islam Steinigung und andere Foltermethoden in die Welt gesetzt. Das waren Dinge, die da waren. Man hat versucht sie zu umgehen".

„Mein Gott, was für Barbaren!", stößt meine Schwester aus. Mein Vater widerspricht ihr entschieden: „Nichts da! Diese Leute haben das nicht gemacht, weil sie die Frauen unterdrücken wollten, es ist einfach der zeitliche Kontext! Schau mal, als der Prophet den Menschen sagte, dass sie falsch handeln, erwiderten sie: „Oh Muhammed, wir haben es von unseren Vorvätern so gesehen", da fragt er sie: „Und was ist, wenn sie falsch lagen?". Mein Vater trinkt seinen Tee: „Sie haben so weiter gemacht, wie sie es gesehen haben. Selbst heute noch setzen Menschen selten ihren eigenen Verstand ein. Stattdessen handeln sie auf eine Weise, wie sie es von ihren Vorfahren, oder der Gesellschaft in der sie leben, gesehen haben: Du bist nicht Muslim, weil du dich auf die Suche nach Gott begeben und überzeugt hast, sondern du bist Muslim, weil deine Eltern es auch sind".

Mittwochmorgen
Ethikstunde…
„Warum sind wir denn so wenige?", fragt Herr Integrationsbeauftragter.

Unweigerlich denke ich an die eine Mathestunde, in der Herr Fotographisches-Gedächtnis gesagt hatte: „Ja, wenn Herr Integrationsbeauftragter nicht wäre, dann würden sich unsere Akademie mit den bösen aus dem Nordteil niemals verstehen". Die Lehrer machen sich oftmals mit abfälligen Kommentaren über die Gegend lustig, in welcher die Schule liegt. Dort wohnen mehrheitlich bildungsferne Familien, über die man gerne mal einen Witz als hochgradiger Akademiker von der Bildungsstätte für Kritiker und Denker reißt. Während Herr Fotographisches-Gedächtnis das Spiel andersherum spielt.

Wir steigen ein, in das Experiment von letzter Woche. Es geht um das Milgrim-Experiment, lesen einen Text darüber, nach dem eine aktuelle Durchführung beinahe identische Ergebnisse hervorgerufen haben soll. Ich bin am Vorlesen und habe den unteren Teil meines Abschnittes erreicht.

„Diesmal wurde jedoch darauf geachtet, dass es mit ethisch vereinbaren Umständen durchgeführt wurde. Bei 250 Volt schrie der Schüler, dass es bitte aufhören solle, da vor einigen Jahren bei ihm ein Herzproblem diagnostiziert wurde. 70 Prozent waren bereit, weiterzumachen. Nach dem der Lehrer seine Entscheidung gefällt hatte, wurde das Experiment abgebrochen".

„Stopp!", unterbricht Herr Integrationsbeauftragter mich. Die wenigen Anwesenden sehen von ihren Texten auf.

„Ähm, wie findet ihr das, dass das Experiment vorzeitig abgebrochen wird?". Enissa wird drangenommen(ein Stöhnen geht durch Klasse).

„Also ich finde das gut! Das ist doch nicht richtig, man denkt dann später, dass man jemanden umgebracht hätte!".

„…also ich würde da ausrasten, wenn man mir dann noch sagt, dass das gar nicht echt war!".

„Dann bleibt den Probanden aber ein Hintertürchen offen, nämlich dass sie gar nicht so weit gegangen wären bis 450, sondern beispielsweise bei 300 oder so aufgehört hätten?". Dann erzählt er von einem Vorfall aus seinem Leben, was ziemlich uninteressant ist. Daraufhin melde ich mich: „Ich finde, man hätte das Experiment fortführen müssen, entweder bis zum Ende oder bis die Leute selbst aufhören.".

„Du bist also für die harte Variante?", fragt Herr Integrationsbeauftragter.

„Ja!", antworte ich leidenschaftlich: „Denn sonst, wie Sie ja schon gesagt haben, kann man sagen, ja ich hätte bestimmt aufgehört und sich selbst belügen.".

„Ja, Chris", nimmt Herr Integrationsbeauftragter weiter dran. „Also ich würde eher der Enissa zustimmen! Ich meine, man hat die Ergebnisse ja schon. Es geht ja nicht darum, die Menschen zu quälen!".

Nach einer weiteren Wortmeldung werde ich wieder drangenommen: „Bis wohin will man die Menschen denn verschonen? Wenn wir nicht anfangen endlich mal hart mit uns selbst ins Gericht zu gehen, dann werden wir uns nie ändern. Ich meine selbst nach dem zweiten Weltkrieg, der ein trauriger Beweis dafür ist, was passiert, wenn die Menschen nicht aufstehen, kommen solche Ergebnisse zum Vorschein!". Eine Dreiecksdiskussion, so hatte Johanna einmal unseren Ethikunterricht genannt. Die sich gegenüberliegenden Ecken sind Herr Integrationsbeauftragter und ich, die dritte Ecke, welche immer wieder von der Seite irgendetwas von sich gibt, ist Enissa. Gut, so langsam übertreibe ich. Sie wiederholt immerhin immer, was vorher gesagt wurde, also verbindet sie uns beide schon irgendwo.

Ich unterdrücke einen Seufzer, als sie erneut spricht: „Ja, aber dann können sich Leute rächen! Vielleicht werden sie wütend und wollen sich dann rächen!". Ich meine man kann ja keine Ahnung haben, aber ich finde, Respekt vor den anderen könnte dazu veranlassen, wenigstens den Mund zu halten. Ich habe auch keine Ahnung von Physik, darum hab ich immer den Mund gehalten. Außer mir wurden die Lösungen vorgelegt. Was dazu führte, dass ich meine Sieben Punkte bekam.

Denn nur darum geht es: Die Note zu kriegen, die man braucht. Wie sie zustande kommt? Nicht so wichtig.

„Und ich meine dann glauben sie, sie können einen Menschen umbringen und würden vielleicht noch mehr umbringen. Und vielleicht hat man extra Leute ausgesucht, die Spaß daran haben!". Oh Gott.

„Nein", entgegnet Herr Integrationsbeauftragter: „Es wurden ganz normale Menschen ausgesucht, keine Sadisten". Was ja schon zehnmal erklärt wurde, füge ich in Gedanken hinzu.

„Ja, aber vielleicht war da einer dabei...".

„Einer ändert die Statistik nicht", entgegnet Chris genervt.

Herr Integrationsbeauftragter unterbricht, ich glaube, selbst er hat Enissas dumme Beiträge satt. Wir lesen den Text zu Ende, bevor er uns in zwei Gruppen einteilt. Die einen bekommen einen Text von Hobbes: „Der Mensch ist von Natur aus böse", die anderen einen von Rousseau: „Der Mensch ist von Natur aus gut". Nachdem wir uns einlesen durften, sollen wir auf einen Zettel schreiben, ob wir für gut oder böse sind.

„Nein, *sowohl als auch* oder *weder noch*, was ja beides dasselbe ist, zählt nicht".

Ich schreibe trotzdem *Weder noch* hin.

„Herr Integrationsbeauftragter!", widerspricht Nikki: „Natürlich gibt es einen Unterschied zwischen *Weder noch* und *sowohl als auch*!".

Sie hat Recht, wie mir plötzlich aufgeht.

„Stimmt!", pflichte ich ihr bei. *Sowohl als auch* ist ja auch das, was der Islam sagt. Wenn man beides hat, kann man sich entscheiden zwischen einem von beiden. Wenn man keines von beiden hat, würden andere Faktoren eine wichtige Rolle spielen – wenn ich in einer bösen Gegend aufwachse, kann ich nur böse werden. Außerdem würde das heißen, dass es möglich ist, dass man nur eines von beiden besitzen kann. Dann wäre ein guter Mensch befreit von jeglicher Eifersucht oder Lügen. Oder der böse Mensch vom Gewissen. Das würde dazu führen, dass Gott unfair und damit nicht vollkommen ist. Was wiederum heißt, dass es keinen Gott gibt. Denn Gott ist nun mal vollkommen und damit auch gerecht.

Nikki redet weiter, so dass ich den Unterricht für einen Moment ausblenden kann. Die äußeren Umstände beeinflussen die Entscheidung des Menschen, aber was ihn und damit Gottes Schöpfung ausmacht, ist seine Entscheidungsfreiheit. Denn letztendlich ist er derjenige, der sich entweder für das eine, oder andere entscheidet. Selbst wenn er böse handelt, so ist trotzdem da sein Gewissen, dass ihn plagt. Wieso sind sonst so viele Soldaten traumatisiert? Warum pumpen sich sonst viele Leute mit Alkohol und Drogen voll?

In den Momenten wenn man alleine ist, wenn nichts da ist, mit dem man vor sich selbst flüchten kann, dann kommt das Gewissen hervor und hebt anklagend den Finger. Denn es ist da. Es ist, wie Nikki es sagt, *sowohl als auch*, zu diesem Schluss komm ich jedenfalls.

„Aber manchmal muss man doch erst etwas Böses tun, um etwas Gutes zu erreichen!", meint Enissa.

Einer der wenigen Momente, in denen ich ähnlich wie andere reagiere: In diesem Fall also verständnislos, genervt und geplagt von Mordgedanken. Bedenkt man aber, wie wir heutzutage handeln, nach welchen Kriterien wir jemanden als gut akzeptieren und wie viele Kollateralschäden wir versuchen zu erklären: Dann ist eben ein Krankenhaus ausversehen bombardiert worden oder es wurden ein paar Zivilisten getroffen – aber man muss ja irgendwie gegen die Terroristen kämpfen!

Wir wollen sie ja nur befreien, die Menschen dort.

„Aber kann das denn dann noch gut sein?", fragt Herr Integrationsbeauftragter.

„Ja!", erklärt Enissa: „Zum Beispiel: Wenn ich um meine Kinder zu ernähren ein Tier töten muss, dass eigentlich ein anderer wollte. Dann muss er hungern, dafür sind aber meine Kinder satt".

„Also ich glaube, das ist Schwachsinn!", einige fangen an zu lachen, ich merke, dass meine Reaktion etwas zu barsch war und zügele mich: „Das ist nur ein bescheuerter und armseliger Versuch, eigenes Handeln, verleitet durch den Sinn für den eigenen Vorteil, zu rechtfertigen oder zu erklären! Das ist genau wie, wenn ich sage: Ich brauche ein Pool, damit meine Kinder glücklich sind auch wenn ich mit diesem Wasser Leben in Afrika retten könnte", kaum ist es raus, wird mir klar, wie unpassend mein Beispiel ist. Diesmal schüttele ich den Kopf über mich selbst. Erst kommt der Hochmut, dann der Fall.

„Ja aber hier geht es ja um etwa anderes!", weist Herr Integrationsbeauftragter mich berechtigterweise hin: „Was Enissa meint, ist, ob mit bösem Gutes erreicht werden kann. Eine sehr interessante Frage! Meiner Meinung nach: Nein!".

„Ja aber schauen Sie mal", erklärt Enissa.

„Bitte schlag mir mit einer Eisenstange auf den Kopf!", bitte ich Clara. Sie lacht nur und erwidert: „Und wer tut das bei mir?".

„Ja aber schauen Sie mal! Sie haben ein Reh im Wald, ja. Und zwei von verschiedenen Stämmen wollen das. So. Und dann nimmt der eine es für sich und seine Familie, so bleibt der andere hungrig".

„Ja aber die können es doch teilen", wendet Herr Integrationsbeauftragter ein: „Oder Vereinbarungen treffen, dieses Mal:

Du, nächstes Mal: Ich!".

Plötzlich höre ich es, die Erlösung wird laut eingeläutet.

Es gongt.

Pause.

Später mit Eddy auf dem Weg zur Bushaltestelle…

„Richtiger Penner, dass er heute nicht zur Schule gekommen ist!", schimpfe ich wutschnaubend, obwohl mir Mustafas Fehlen passt. So habe ich Zeit, Revue passieren zu lassen. Eddy lacht nur. Wir kommen am Kiosk vorbei – Peter, der den Kiosk leitet, fehlt schon wieder.

„Junge Peter fehlt schon wieder!". Allmählich frage ich mich, ob es was Ernstes ist. Sein letzter Herzinfarkt liegt nur ein paar Wochen zurück.

„Der hat den besten Beruf!", stellt Eddy fest: „Kann fehlen, wann er will, gehen wann er will und keiner sagt was.". Naja, dass stimmt nicht so ganz. Peter hatte schon oft Ärger mit der werten Akademieleitung.

„Seitdem der Spast Herr Griesgram weg ist", stelle ich klar. Zu seiner Zeit hatten sie Peter umschlichen wie Spürhunde einen Koffer voll Drogen.

So erzählt es Peter, jedenfalls.

„Und er fährt BMW", vervollständige ich sarkastisch die Privilegien-Liste, die Peters Beruf mit sich bringt.

Eddy lacht wieder. Wir haben mittlerweile die Bushaltestelle erreicht.

„Was hat der eigentlich früher gemacht?", fragt Eddy verständnislos und fügt sarkastisch hinzu: „Hat er beim Lotto Jackpot geknackt oder was?".

„Ne, Mann", verneine ich: „Er hat… wie nennt man das… Fliesenleger oder sowas, was ist der Oberbegriff dafür?". Eddy zuckt mit den Achseln: „Kein Plan".

„Jedenfalls hatte er eine eigene Firma, mit der es wohl nicht so gut gelaufen ist. Du weißt doch, dass er auf der linken Seite gelähmt ist?". Ihm geht ein Licht auf.

Ich bestätige seinen Gedanken: „Er musste alles verkaufen. Soll sogar drei Autos gehabt haben, die er alle gegen diesen behindertengerechten BMW eingetauscht hat.".

„Oha, bei Peter lief ja richtig!", meint Eddy. Ich zucke nur mit den Achseln: „Also er erzählt das so. Auf jeden Fall hatte er auch das Haus von Frau Toleranz gemacht, die war es auch, die ihn nach seiner Behinderung hier an die Schule geholt hat. Richtig gut von ihr".

Er hebt die Augenbrauen, ich hebe die Hände: „Peter' Version".

„Siehst du, der hat auch kein Abitur gemacht und trotzdem lief bei ihm".

Ich nicke beipflichtend, denn ich weiß, worauf er hinaus will: „Ich verstehe nicht, wieso die hier alle so abwertend über eine Ausbildung reden, als wäre man kein Mensch, wenn man kein Abi hat", schüttele ich den Kopf.

„Du musst halt nur eine eigene Firma haben und dafür sorgen, dass du Bekanntheit erlangst. Ansonsten ist an einer Ausbildung nichts Verwerfliches", meint er.

„Wenn du Jura studierst, brauchst du auch eine eigene Kanzlei um viel zu verdienen – genau wie bei einer Ausbildung kannst du auch hierbei scheitern. So wie ein Firmenchef sich einen Namen machen muss, muss es auch eine mit ner' eigenen Kanzlei.". Ich spucke auf den Boden: „Diese vornehmen Schnösel, diese arroganten Säcke fühlen sich aber als etwa besonders, dass Ausbildung ein Tabu Thema ist. Natürlich hast du als ein Anwalt eine andere gesellschaftliche Stellung und kommst in den Genuss von Bildung, aber das heißt nicht das er mehr wert ist als jemand mit Ausbildung". Mir kommen Äußerungen von Amadeus in den Sinn: „Wenn die einen Ausländer mit Benz sehen", erzähle ich Eddy: „ist er bei fehlendem Studium gleich ein Drogendealer oder Betrüger. Einer der den Staat abzieht. Jemand mit einer eigenen Estrich Firma", das Wort für Peter früheren Beruf ist mir mittlerweile eingefallen: „darf nicht viel verdienen".

Eddy nickt. Ich deute auf die Umgebung: „Als ob alle deutschen sich ihre dicken Einfamilienhäuser selbst erarbeitet hätten! Vieles sind Überbleibsel ihrer Vorfahren, oder sie erben, verkaufen und bauen. Aber ein Ausländer, der nach Deutschland kommt, der darf nichts geerbt haben".

„Ja! Außerdem sagen die immer, Ausländer könnten nicht sparen…", okay, jetzt geht er in eine falsche Richtung: „… Deutsche können auch nicht sparen!".

Entschieden schüttele ich den Kopf: „Moment, Digga! Die Deutschen sind knallhart bei sowas. Sie planen schon zehn Jahre voraus, bevor sie mal mit der Familie zum Döner essen gehen". Wir lachen.

„Ja aber bei denen sind's Häuser, bei uns Autos! Und guck mal, was die für einen Urlaub machen!", meint Eddy daraufhin. Erneut widerspreche ich ihm: „Deutsche sparen und arbeiten bis sie 65 sind. Außerdem sparen die für das richtige, sie haben verschiedene Reiseziele und lernen so neue Orte und Kulturen kennen, während wir immer an denselben Ort gehen!".

„Ja, das nervt wirklich! Immer derselbe Ort", lenkt Eddy ein: „Wir waren einmal in der Türkei, statt in Kosovo, und das war richtig schön mal was anderes zu machen!".

„Siehst du!".

„Aber das ist auch die Heimat", meint er.

Ich werde meiner Berufung gerecht und widerspreche ihm abermals: „Natürlich kann man ab und zu dahin, um nicht zu vergessen, wo die eigenen Wurzel liegen, denn das ist ganz wichtig! Aber es ist nicht unsere Heimat, Eddy. Unsere Heimat ist dieses Land".

„Ja, stimmt eigentlich.", er fängt an zu lachen: „Dort sehen die dich genauso als Ausländer, wie hier".

Wieder einmal merkt man, zu welch revolutionären Gedanken wir eigentlich fähig sind!

Revolutionär?

Gut, sagen wir spätrevolutionär.

„Genau! Weißt du noch, als Herr Integrationsbeauftragter mal gemeint hat, man merke manchmal, dass ich aus dem türkischen ins Deutsche übersetze?", wütend stampfe ich auf den Boden: „Verdammt ich übersetze vom deutschen ins türkische! Und das ist ein großer Unterschied! Meine

Gedanken sind deutsch, nicht türkisch und auch nicht zaza! Wir sind Deutsche, von mir aus mit Migrationshintergrund, wenn überhaupt!". Zu diesem Zeitpunkt ruhten die Waffen zwischen der Bezeichnung

„mit Migrationshintergrund" und mir.

„…wenn überhaupt…?", er lacht.

„…wenn ich in die Türkei fliege, dann merken die sofort, dass ich nicht von dort bin. Aber hier nehmen sie uns auch nicht an!".

„Genauso wie wenn Frau Leer oder die ganzen anderen Lehrer wegen deiner Deutsch Kenntnisse loben: Das ist doch selbstverständlich! Wir sind keine Ausländer!", ruft Eddy aus: „Wir sind hier geboren und nicht als Flüchtlinge hergekommen!". Manchmal frage ich mich, warum in diesem Verblödungsinstrument, ich meine den Fernseher, niemals Jugendliche wie Eddy zu hören sind: „Im Fernsehen lassen die nicht uns reden, sondern Fälle von scheiß Kanacken", ich betone es absichtlich:

„die ich in meinem großen Kreis von Ausländern nicht erlebe". Der Bus fährt vor, während wir einsteigen fahre ich fort:

„Wenn ich jemanden beleidige, dann heißt es scheiß Ausländer. Wenn ich aber eine Dreizehn Punkte Klausur in Deutsch liefere, klopfen sie sich auf die Schulter und sagen: Jawohl, das haben wir aber gut hinbekommen!".

Nicht selten danke ich Gott dafür, meine alten Klassenlehrer, insbesondere Frau Rebell, Herrn Horn und meinen derzeitigen Herr Guth zu haben.

Wir nehmen ganz hinten, im Ausländerabteil, Platz.

„Weißt du", rede ich weiter: „Wenn ich ein Problem bin, dann läuft bei der deutschen Jugend etwas schief, nicht bei der albanischen, türkischen oder somalischen".

Danach scherzen wir eine Weile, bevor er aussteigt. In der Erwartung einer Ablehnung frage ich, ob er nicht doch mit mir in die Stadt fährt, statt nach Hause zu gehen. Eddy genießt ein ungeheures Privileg: Er wohnt knapp dreihundert Meter von der Schule entfernt. Das bedeutet:

-spät aufstehen

-länger aufbleiben

-in den Freistunden Heim gehen. Verdammter Glückspilz!

Jedenfalls gibt er die erwünschte Antwort: „Ne, Mann, hab meiner Mutter gesagt dass ich komme, sorry!".

Ich reiche ihm in gespielter Enttäuschung die Hand, bevor er verschwindet.

Nachdenklich schaue ich aus dem Fenster. Ich habe noch nie getötet, vergewaltigt oder gebrandschatzt und ich kann auch einen grammatisch korrekten Satz auf vier verschiedenen Sprachen sagen – trotzdem will mich keiner.

Früher Abend

Zuhause…

Wir sitzen am Esstisch. Mein Vater, meine Schwester und ich. Weil wir alle später kommen, essen wir auch ohne meine Mutter und Belkis. Meine Schwester hatte heute den dritten Tag ihres Praktikums.

„Also der Abdul hat eine richtig interessante Geschichte!", erzählt sie: „Der hat erzählt, dass er mit neun Jahren den Koran auswendig konnte und mit vierzehn hat er dann für sich entschieden, dass es keinen Gott gibt".

„Wie, er konnte den Koran auswendig?", fragt mein Vater verdutzt: „Ich meine, von seinem Namen her wusste ich schon immer, dass er ausländische Wurzeln hat, aber darauf wäre ich im Traum nicht gekommen!".

„Sein Vater war Imam", erklärt meine Schwester: „Und der hat dann gesagt, dass seine Eltern sich nicht um ihn gekümmert hätten. Seine Mutter hatte noch vier andere Kinder und sein Vater hätte sich sowieso nicht um ihn geschert. Aber da waren auch komische Dinge, wie zum Beispiel, dass er einen flachen Kopf hat, weil sein Vater ihn so oft geschlagen hätte. Irgendwie hat er auch ständig was gegen Religionen gesagt".

Schwachsinn, tue ich es innerlich ab. Sie hat es mir auf dem Heimweg schon erzählt. Abdul scheint einen Vaterkonflikt zu haben, besser gesagt einen Konflikt mit dem Leben. Da ist es einfach, alles auf einen Gott zu schieben, von dem man glaubt, er könne sich dagegen nicht verteidigen.

„Es ist einfach alles auf einen Gott zu schieben", erkläre ich: „Wenn sein Vater ihn schlägt, was hat das dann mit Islam zu tun? Ich meine wenn Priester kleine Jungen vergewaltigen, ist das ja auch kein Gebot des Christentums".

„Genau!", pflichtet meine Schwester mir bei, bevor sie ihn weiter zitiert: „Deshalb habe ich oft die Schule geschwänzt und Bierflaschen der Penner geholt, die ich dann gegen Pfand eingetauscht habe. So hatte ich ein wenig Geld".

„Dann muss seine Mutter deutsch sein - weil Lunz ja ein deutscher Nachname ist".

„Ich glaube", erklärt Meine Schwester: „Das er den Namen seiner Frau übernommen hat. Er war ja eine Zeit lang verheiratet und hat auch eine Tochter". Nach weiteren Gesprächsminuten sagt sie plötzlich: „Aber etwas ist komisch an Abdul". Ich verstehe ihre Faszination für seine Geschichte. Als ich vor zwei Jahren im Theater Praktikum gemacht und seine Geschichte zum ersten Mal gehört hatte, wollte ich einen Roman darüber schreiben. Stoff dazu bietet seine Lebensgeschichte allemal.

„Er sagt immer Sachen wie Weiber. Zum Beispiel hat er gesagt dass er keine Lust auf Fasching hat, weil er sich da dann wieder die Weiber ansehen muss, die sich verrückt verkleidet haben".

„Abdul ist einfach ein lockerer Typ", stöhne ich: „Er meint das nicht frauenfeindlich oder so".

„Das mein…".

Das ist völlig normal in Faschingssprache", erklärt Baba: „da sagt man Weiber". Trotzdem merke ich, dass da immer noch etwas ist. Meiner Schwester liegt noch etwas auf der Zunge. Es lastet schon die ganze Zeit auf ihr.

„Aber er macht auch so seltsame Sprüche. Zum Beispiel hatte so ein Junge ein Kostüm mit einem langen Schwanz, und er hat dann gesagt, der hat aber einen langen Schwanz, hat mich angesehen, gezwinkert und gesagt, aber das magst du doch". Mein Kopf ruckt hoch. Wie vom Donner gerührt starre ich sie an. Ihre Wangen brennen und sie schaut beschämt auf ihren Teller. Meine Schwester war schon immer ein sehr schüchternes Mädchen und kann solche Derbheit nicht vertragen. Wenn ich mich schon so fühle, wie geht es ihr wohl? Ich habe das Gefühl, als hätte ich einen Schlag bekommen.

„Wa...?".

Der Zorn füllt mich so plötzlich aus, dass ich mich kaum beherrschen kann. Aus dem Augenwinkel nehme ich wahr, dass auch mein Vater erstarrt ist. Ich merke, wie er um Fassung ringt.

„Er redet mit allen so - kann auch sein, dass ich mich verhört habe...". Meine Schwester ist verunsichert und ich versuche, mich zu bremsen.

Wie kann man so mit einem vierzehn Jährigen Mädchen reden? „Er hat kein Recht, so mit dir zu reden. Du sagst ihm bitte, dass du nicht mit dir so reden lässt. Wenn er dann sagt, *ay das war nur Spaß*, sagst du nein Abdul, ich mag diese Art von Späßen nicht. Du sollst nicht sauer reagieren, sondern es ihm ruhig erklären. Wenn du einen Spaß machst, der ihm nicht passt, dann sagt er dir das auch".

„Es ist nicht Abduls Schuld", erkenne ich: „Dreizehn jährige Mädchen tragen hautenge Kleidung, statt Rucksäcken laufen sie mit Handtaschen herum und wenn solche Witze gemacht werden, dann lachen sie. Ich war ja oft bei ihm. Er hat immer anzügliche Witze gemacht und die Mädchen haben darüber gelacht. Aber erklär ihm höflich, dass du das nicht akzeptierst!". Ich denke an den Vorfall mit Herrn Integrationsbeauftragter zurück. Ich hatte ihm zwei Verstärker getragen, während eine gewisse Feyza einen Notenständer getragen hatte.

„Mann, Feyza!", hatte Herr Integrationsbeauftragter lachend gerufen: „Du hälst aber gut meinen Ständer". Feyza ist nicht mal in der Jahrgangsstufe meiner Schwester. Sie geht in die achte Klasse. Ich hatte mich umgedreht, wollte gerade etwas sagen...

Doch sie lachte.

Auch dem Spaß müssen Grenzen gesetzt sein. Aber es ist tatsächlich nicht Abduls schuld. Wir leben nun mal in einer Gesellschaft, in der man über alles einen Spaß machen kann. Alles ist Spaß, alles dazu da, um den Menschen zu belustigen.

Über alles darf man Witze reißen – über Mütter, Religionen und eben auch kleine Mädchen.

„Alles gut", lächelt er meiner Schwester zu: „Das wirst du noch lernen – viele Dinge erscheinen uns als normal, weil jeder um uns herum sie tut. Aber das ist sehr gefährlich: Wenn es gestern Empörung bedeutet hat, dass die NSA jeden überwacht – so ist es heute normal geworden. Deshalb dürfen wir niemals auf die Masse schauen oder uns mit ihr identifizieren". Stimmt – deshalb…

„Räum deinen Teller auf, Arman!", fordert er mich noch auf, bevor er die Küche verlässt.

„Stimmt!", spricht meine Schwester langsam. Ich blicke ihr Gesicht an und merke, wie es ihr langsam dämmert: „Ich hab gar nicht realisiert, wie niveaulos sein Spaß eigentlich war!", sie schlägt sich mit der Hand an die Stirn: „Mein Gott – wie habe ich nur ruhig bleiben können!".

Es ist auch nicht ihre Schuld. Mittlerweile merkt man bei vielen Dingen gar nicht mehr, dass sie falsch sind. Das Verständnis von bestimmten Grenzen, die man einzuhalten hat, ist dermaßen verrutscht, das die Leute sich mittlerweile wundern, wenn man sich widersetzt. Der versteht keinen Spaß wird dann häufig gesagt oder Oh man gefolgt von einem Kopfschütteln. Meistens noch der Satz Typisch Ausländer, die verstehen eh keinen Spaß – du, die werden sofort aggressiv! Es stimmt, als ich das gehört habe, hat mein Blut angefangen zu kochen. Ich glaube wenn ich dabei gewesen wäre, hätte ich die Beherrschung verloren. Verdammt noch mal, das gehört sich aber auch nicht! Was mich stört, ist: Abdul kennt uns schon aus Grundschultagen. Ich war zwar immer sehr, sagen wir offen – aber meine Schwester… Manchmal wundert es mich echt, wie naiv sie eigentlich ist. Sie geht nie raus, außer zu ihren zwei Freundinnen, nutzt keinerlei soziale Netzwerke und hütet sich auch immer davor, ein schlechtes Wort über jemanden zu verlieren. Nie verliert sie die Kontrolle, schreit jemanden an oder ist unfreundlich zu anderen Menschen. Ich hingegen… sagen wir, ich kann mir eine gehörige Portion abschneiden!

Ein paar Stunden später …

„Ich habe keine Lust mehr, diese Diskussionen zu führen!", erklärt mein Vater müde: „Wieso verstehen die das nicht? Der Begriff Integration trifft auf uns nicht mehr zu. Wir leben seit fünfzig Jahren in diesem Land und kommen nicht als Flüchtlinge neu her. Wir sind deutsche und keine Ausländer". Ich bin gerade ins Wohnzimmer marschiert. Ein Stück des herrlichen Kuchens meiner Mutter würde mir nicht schaden.

„Das habe ich auch letztens bei einem Vortrag gesagt: Meine Kinder pfeifen auf Integration, weil sie eben deutsche sind!". Zwar ist es schon nach sechs, aber ich fühle mich geistig ausgelaugt.

Ein wenig Zucker schadet nicht.

Meine gesamte Familie sitzt hier. Am Kaminfeuer. Baba puzzelt mit meiner kleinen Königin, während meine Mutter Tee trinkt und meine Schwester neben ihm sitzt.

„Heute hat unser Schulleiter erzählt, dass er sich kaum noch traut, irgendwo zu erzählen, dass seine Frau Hausfrau ist", erzählt mein Vater: „Die Schulintegrationsbeauftragten haben ja auch ihre Fortbildungen und wenn er dann von seiner Frau erzählt, machen sie große Augen und fragen: Könnt ihr euch denn das leisten? Und dann denk ich mir einfach nur", zitiert er ihn: „Mit 6000 Euro im Monat ist es nicht leicht!". Unglaublich! Wie kann man bloß mit 6000 Euro auskommen! Was waren eigentlich nochmal diese Wesen mit fünfköpfigen Familien, die 1500 Euro – brutto – verdienen?

„Ich glaube", vermute ich, nachdem das Lachen sich eingestellt hat: „Das das Problem nicht am Geld liegt, sondern: Wie kann eine Frau aus dem 21.Jahrhundert sich bloß um den Haushalt kümmern?", theatralisch schüttle ich den Kopf: „Unerhört, so etwas!".

Einige Stunden später, in der Dusche …

Ich musste das Trainieren frühzeitig abbrechen. Ich bin beim Brustmuskeltraining kaum über die Hälfte gekommen. Die Arbeit hält mich davon ab, der Zustand meines Körpers ist ein deutlicher Beweis dafür.

Egal, was soll's. Ich hole es nach.

Ich liebe es, zu duschen. Zwar versuche ich meistens schnell fertig zu werden, weil dadurch einiges an Zeit verloren geht. Aber wenn es draußen eiskalt ist, und in der Dusche das warme Wasser am Körper hinabrieselt – insbesondere nach dem Sport und kurz vor dem zu Bett gehen… Herrlich!

Diesmal aber dusche ich nicht allzu warm. Wie es aussieht, werde ich diese Nacht knapp fünf Stunden schlafen, da kann ich es mir nicht leisten, noch schlapper zu werden.

Ich denke an das Experiment von heute, dass wir im Ethikunterricht wiederholt behandelt haben. Die Erkenntnis, dass das Experiment aus 1964 heute fast dieselben Ergebnisse erzielt, verwundert mich nicht. Mein Bild des modernen Menschen ist vergleichbar mit dem eines IS-Terroristen von einem Muslim wie mir. Die Reaktionen meines Kurses sind genauso erbärmlich. Enissa und ihre Beiträge…

Aber wie kommt es, dass die Leute so erschüttert sind und es dann doch tun? Eigentlich sollte das Zeitalter der Aufklärung doch dazu dienen, den Menschen aus seiner Unmündigkeit herauszuholen, oder etwa nicht? Ich meine wir haben alle den zweiten Weltkrieg behandelt, wissen was passiert, wenn die Menschen sich nicht auflehnen wenn sie Unrecht sehen – und trotzdem ändern wir uns nicht.

Gleichzeitig rollen alle mit den Augen und sagen: Och ne, bitte nicht schon wieder die Nazis!

Hätte ich den Mut gehabt „Nein!" zu sagen?

Ich drehe das Wasser ab. Das von meinem Haar triefende Shampoo lässt meine Augen brennen.

So ganz sauber, bin ich noch nicht.

Nachdem ich mich angezogen habe, lege ich mich ins Bett. Irgendwie bin ich glücklich, dass ich Lehrer wie Herr Integrationsbeauftragter habe. Durch sie fängt man an, über bestimmte Dinge nachzudenken. Dadurch, dass man sich nicht gleich verschließt, kommen bestimmte Mechanismen erst ins Rollen.

Ein Interessanter Tag, der heutige Mittwoch.

Sehr interessant.

Dienstag

Biologieunterricht...

„Ich will aber, dass du bei mir sitzt!", fordert Milli. Ich setze mich neben sie.

„Äh, dann müsst ihr aber näher zusammenrücken, sonst passt ihr gar nicht in die Reihe!", auf die Sirenenartige Stimme von Frau Kompetent lachen alle. Einer macht von hinten Krähengeräusche und ich kann mir ein Grinsen nicht verkneifen. Die Sitzreihe ist maximal für vier Leute gemacht, aber wir sind fünf. Milli zieht mich näher zu sich.

Biologie ist grauenhaft. Vor allem mit einer Lehrerin, der es untersagt ist, Leistungskurse zu unterrichten aufgrund ihrer Inkompetenz. Den Schulen gehen die Lehrer aus und wir Schüler müssen es ausbaden. Sie stellt eine Frage auf die meist sich dieselben zwei Leute melden. Wenn keiner es tut, beantwortet sie sie einfach selbst und macht weiter. „Hey Milli", flüstere ich ihr zu.

„Was denn?", fragt sie. Ich höre auf zu Flüstern. Wir sitzen in der ersten Reihe, aber Frau Kompetent bekommt sowieso nichts mit.

„Wenn du eine Million Euro hättest...", sie rollt schon die Augen. Eine typische Frage: „...und du müsstest sie in einem Jahr ausgeben – was würdest du alles tun". Jetzt wirkt sie interessierter.

„Reisen!".

Ich bin überrascht.

„Also erst mal spenden...", da die typische Antwort: „Nein", unterbreche ich sie: „Es geht nur um dich, was würdest du machen?". „Dann reisen!", antwortet sie: „Ich will die ganze Welt sehen. Überall hin würde ich gehen. Bergsteigen wäre auch richtig schön...".

„Keine Luxus Hotels?", frage ich misstrauisch.

„Ich mag keine Luxus Hotels", erklärt sie: „Da muss man sich so benehmen, wie die Leute es wollen...". Ich bin begeistert! Es ist das erste Mal, dass ich andere Pläne als Luxushotels und

Klamotten höre – vor allem das sie es ernst meint: „Stell dir mal vor", schwärme ich: „Dir steht die Welt offen. Kein Fluss, den du nicht überqueren kannst, kein Berg den du nicht bezwingen kannst – kein Sonnenuntergang, den du nicht auf der Oberfläche eines jeden einzelnen der sieben Weltmeere bewundern kannst". Sie träumt mit mir.

„Und würdest du dir auch ein Haus bauen?".

„Ja, klar…". Und hier endet unser Gespräch Jedenfalls für mich.

Wieso träumen alle nur von einem Haus?

Mittwoch

„Arman, du bist komisch", meint das Mädchen, das mich früher unterhalten hat.

Beinahe hätte ich sie ob dieses Komplimentes umarmt. Normal bedeutet eintönig. Und Komisch ist nicht Normal – also auch nicht eintönig, oder? Und vor allem anders als die anderen. Schade für sie, dass sie für mich nicht mehr ist, als das Mädchen, welches mich früher unterhalten hat.

Samstagmorgen

Auf dem Weg zur Arbeit…

Mein Vater fährt los. Er fährt mich zur Arbeit. Wir haben die Autobahn erreicht.

„Hast du schon gehört, es hat mit dem Amerikaaustausch deiner Schwester geklappt!".

„Hmm", brumme ich.

„Das ist richtig schön! Du Idiot hast dir die Gelegenheit entgehen lassen, aber sie ist ausgelost worden und wird da viel lernen!".

Ich kann mir ein Grinsen nicht verkneifen. Ich hatte damals den Zettel einfach weg geschmissen, weil es mich nicht interessiert hatte. Mein Vater hat durch Zufall davon erfahren und hält das mir seitdem immer wieder vor.

„Mir gefällt das aber ehrlich gesagt nicht", verkünde ich. Aus dem Augenwinkel nehme ich wahr, wie er mit der Stirn runzelt: „Was gefällt dir denn nicht?".

„Ay, dass mit Amerika. Meine Schwester und ein amerikanisches Mädchen passen doch gar nicht zusammen".

„Wieso?".

„Du weißt doch wie amerikanische Mädchen sind! Und meine Schwester ist wie eine Nonne...".

„Wie sind denn amerikanische Mädchen?".

„Ay...", ich merke von selbst, wie bescheuert ich klinge. Aber irgendwie kann ich nicht aufhören: „Stell dir mal vor, wenn die erfahren ein muslimisches...".

„Merkst du Arman...", unterbricht mein Vater: „...wir werfen den deutschen immer vor, voller Vorurteile zu sein. Dabei machst du gerade dasselbe. Vor, Urteil... nimm das Wort mal auseinander – Vor, Urteil: Du urteilst, bevor der andere überhaupt eine Chance hat, sich zu beweisen – wie willst du da sein wahres Wesen kennenlernen?".

Wortlos sehe ich raus. Natürlich hat er Recht.

Es kommt vor, dass ich dummes Zeug rede. Tja, Hauptsache reden. Manchmal staune ich darüber(und trauere um mich selbst), wie auffällig es doch ist, das auch ich ein Mensch des 21.Jahrhunderts bin.

Später, bei der Arbeit...

Seit ein paar Stunden schon stehe ich hier an der Kasse, habe die "Ratschläge" von Usta über mich ergehen lassen, die gute Entwicklung unserer Kundschaft bemerkt, ein paar charmante Bemerkungen beim Verkaufen gemacht und nun will ich einfach nur noch Feierabend. Wir wollten mit Thorsten bisschen raus gehen.

Mein Onkel tut das, was er immer auf der Arbeit tut. Jeder Mensch hat einen typischen Ablauf seiner Arbeit.

Die meines Onkels ist die des Nicht-Arbeitens. Entweder geht er weg, oder er sitzt mit ein paar Verwandten. Sechs Stunden Arbeit sehen wie folgt aus:

Eine Stunde Steuerberater. Eine Stunde arbeiten. Eine Stunde das Smartphone nach Neuigkeiten über die Branche durchkämmen. Zwei Stunden sitzen. Eine Stunde Steuerberater.

Ich höre plötzlich Stimmen. Es ist Kindergejohle. Nicht das von einem Kind, sondern von einer ganzen gruppe. Nicht das von irgendwelchen Kindern. Sondern es ist der Sohn meines Onkels. Und eine ganze Reihe weiterer Bekannter.

Schon rennen die kleinen Störenfriede an der Theke vorbei und nehmen Platz. Ihnen folgt Mister Fanatiker.

Der Sohn meines Onkels fasst einfach die Torte an der Theke an. Einige Kunden drehen sich zu ihm um.

„Shht!", fährt Tahir Abe ihn von hinten an.

Es wird ein langer, langer Tag.

Projektwoche

Mittwoch…

Projektwoche. Früher hieß das Freiheit. Eine Woche kein Unterricht! Freiheit, Urlaub, Ferien!

Aber wie gesagt, eben früher. Heute heißt es beim Herrn Guth arbeiten. Zu meiner Schande muss ich gestehen, dass ein schmachvoller Teil in mir sich auf den Unterricht freut. Aber Herr Guth ist nun mal ein klasse Lehrer. Diese Sorte von Lehrer, die vielleicht fünf Prozent der gesamten Lehrerschaft machen und gleichzeitig den Rest aufwiegen.

Und wenn man das sagt?

Schleimer! Heißt es dann. Wenn man aber schlechten Lehrern fertig macht, heißt es richtig so.

Wieso darf man dann nicht das gute zugestehen?

Ich spucke auf den Boden. Aber auf der anderen Seite muss man eben auch dazusagen, dass sechs Stunden Herr Guth bedeutet, sechs Stunden innerhalb einer Gruppe von zwei Dutzend Leuten, von denen neunzig Prozent mich nicht mögen. Diesmal muss ich lachen. Ein Arschloch ist man eben dann, wenn man ausspricht, was alle denken.

Ich erreiche die Schule. Es dauert ein wenig, bis ich die Klasse finde. Auf dem Weg begegne ich Max. Alle sitzen schon drin, wir sind wohl spät dran.

„Ah", grüßt Herr Guth uns lächelnd: „Kommt rein!". Der Unterricht hat zwar erst seit fünf Minuten angefangen, trotzdem kann man kaum atmen. Es ist nicht warm, aber stickig – wie soll man sich so konzentrieren? Während Herr Guth den Plan anschreibt, versuche ich mich zusammenzureißen. Ich mag es nicht, Leute um etwas zu bitten, selbst wenn es darum geht, ein Fenster aufzumachen. Das ist eine Schwäche an mir.

Aber nicht weil ich überheblich bin, nein daran liegt's nicht. Aber zu fragen bedeutet, mehr als eine knappe Antwort hören zu müssen. Aber dann fällt mir etwas ein. Was ist mit dem Experiment?

„Hey", jetzt fällt mir der Name nicht ein. Aber Sharen reagiert und nicht das Mädchen neben ihr.

„Sharen, mach das Fenster auf". Sie schüttelt mit dem Kopf.

„Nein". Wow, ziemlich kurzbündig. Und mutig – so reagiert bei mir eigentlich niemand. Aber ich weiß, dass sie es nicht dabei belassen kann. Also sehe ich sie nur an.

„Es ist zu kalt", begründet sie. Ihre Stimme klingt so gelangweilt, so emotionslos, dass ihr Ehemann sich vermutlich vom Turm stürzen wird. Das Mädchen ist siebzehn Jahre alt, hat noch nichts gesehen – aber ihr scheinen 15 Quadratmeter Zimmer und der jährliche Urlaub auf der Toskana schon zu viel von der Welt zu sein. Ich schlucke eine Erwiderung und blicke nur geradeaus. Wäre ich früher gekommen, dann hätte ich mich ans Fenster setzen können.

Ich blicke Dimitri zu meiner linken an. Es stimmt, man hat oft den Eindruck, dass sein Alltag von nichts außer Trainieren und Kiffen besteht. Viele lachen ihn aus, wenn er miserable Texte abliefert; Dimitri kommt aus keiner Mediziner-Familie und liest nichts außer Schullektüre, selbstverständlich wird er keine literarisch hochwertigen Texte abliefern. Aber bei Dimitri kann ich mir sicher sein, dass er mich nicht verpfeifen würdc. Und das zählt für mich.

„Alter, warum machst du nicht mit?", raunt mir Max zu. Er bewirft einige mit Papierkügelchen. Dimitri und ich sitzen in der hintersten Reihe, die Tische vor uns sind alle an die Seite gestellt, so dass in der Mitte keiner sitzt und Herr Guth zu jedem Blickkontakt aufnehmen kann.

„Weil ich mich fürs soziale Miteinander einsetzte...", die wenigen um uns herum, die es hören fangen an zu lachen: „... und deshalb nicht mit schlechtem Beispiel voran gehen kann". Nach ein paar Scherzen konzentriere ich mich wieder auf den Unterricht. Aber noch eine weitere Minute werde ich in diesem Raum nicht überleben.

„Herr Guth, können Sie bitte das Fenster aufmachen?", vorne ist nämlich noch ein weiteres. Sharen wirft mir einen giftigen Blick zu, ich tue, als hätte ich es nicht bemerkt. Ich verstehe eins nicht, gut meinetwegen ist es kalt. Aber wieso dann ein Top anziehen? „Ja, klar!", ruft Herr Guth aus: „Mach bitte auch die Tür auf!". Ich stelle einen Stuhl hin, so dass sie offen bleibt. Die stickige Luft kann somit in den Gang entweichen und dort vorbei ziehende beglücken.

Kurz bevor die erste Pause zu Ende ist, kehren Dimitri und ich zurück in die Klasse.

„Wer muss eigentlich am Freitag Kuchen mitnehmen?", frage ich in die Runde. Schließlich soll unsere Ordnung, dass jede Woche der nächste auf der Namensliste einen Kuchen mitnehmen muss, nicht ins Wasser fallen. Ich weiß, dass Ann-Luisa zuletzt Schokolade mitgebracht hatte. Trotzdem kann ich nicht widerstehen: „Ann-Luisa, du hast doch schon mitgebracht, oder?". Beim Anblick der Miene, die sie zieht, muss ich ein Lachen unterdrücken. „Hä, ich hab doch schon...".

„Ach stimmt", ich schlage mir gegen die Stirn: „Du warst ja schon. Dann kommt jetzt...".

„Clara ist dran!", weist Ele mich drauf hin.

„Ach, Clara...", ich blicke mich verständnislos um.

„Sie ist noch draußen", erklärt Thea.

„Ich bin die nächste", verkündet Ele.

„Okay", entscheide ich: „Dann machen wir es so – du bringst einfach morgen und Clara nächste Woche". Es geht noch ein bisschen weiter, unnötige, nicht nennenswerte Zwischenkommentare folgen.

„Ja, also du morgen und Clara nächste Woche".

„Hä was?", Ele beginnt zu lachen: „Du bist verwirrt, habe ich das Gefühl". Ich übe mich derzeit darin, mich zurückzuziehen, wenn ich merke, es hat keinen Sinn. Und das ist ein Beispiel. Irgendwie macht es auch Spaß, alle an der Nase herumzuführen. Entweder man regt sich auf und verliert die Kontrolle, oder man spielt mit ihnen.

Und ich bin eben verspielt.

Herr Guth kommt zurück.

„Ja, und dann hat jemand, ich glaube es war gegen McDonald's geklagt, dass in seinem Brötchen toter Fisch ist, und die haben dann argumentiert, dass darin gar kein Fisch ist!". Wir lachen darauf. Doch dann höre ich abrupt auf zu lachen. Denn plötzlich beginnen alle, McDonald's zu kritisieren.

„Warum soll das deren schuld sein?", frage ich laut: „Es gibt eben Idioten, die das kaufen gehen.", aus dem Blickwinkel nehme ich Stirnrunzeln wahr: „Unsere Kleidung zum Beispiel: Zwischendurch beschweren sich die Leute mal oder schütteln den Kopf wegen Kinderarbeit, bevor sie gleich wieder bei H&M einkaufen gehen!", während ich spreche, schmecke ich einen sauren Beigeschmack. Herr Guth nickt mir beipflichtend zu, während die anderen… sagen wir, anderer Meinung sind. Ich lege noch nach: „Und wenn man sie dann darauf anspricht, kommt die typische Antwort Als ob es etwas bringt, wenn ich als einzelner es jetzt nicht kaufe".

Seht man sich Filme über Massentierhaltung oder Kinderarbeit an, weint jedes zweite Mädchen und wenn gerade mal nicht dumme Kommentare kommen, sehen die meisten Jungs betreten drein, dann ist der Film zu Ende und… Nichts. Genau das ist es, nichts.

„Als ob du nie bei McDonald's warst, Alter", meint Lukas. Ich wühle in meinen Erinnerungen: „Vier Jahre ist es jetzt auf jeden Fall her". Ich kann mich nicht erinnern, ihm etwas vorgeworfen zu haben. Seltsam das er sich verteidigen muss…

„Krass", erwidert er nur und ich weiß, dass er mir nicht glaubt. Natürlich kann man mal einen, mittlerweile unverschämt überteuerten, Cheeseburger essen – aber mal ist nicht jede

Woche. Oder man tut es und sucht keine Ausflüchte, um es zu rechtfertigen!

Es folgt ein langweiliges Referat und zwei uninteressante Stunden, bevor (endlich) die Pause eingeläutet wird.

Savas, Eddy und ich stehen wieder an der Heizung. Savas deutet plötzlich hinter mich und fängt an zu lachen. Ich drehe mich um und sehe Fatima, ein vierzehn jähriges Mädchen mit Kopftuch – Interessant, das ihr Kopftuch selbst bei mir immer mit genannt wird, oder das erste ist, mit dem selbst ich sie beschreibe. Sie und ihre Freundin raufen sich. Ich kann auch nicht anders, als zu lachen. Angewidert vor mir selbst höre ich auf – was unterscheidet mich gerade von anderen? Ich frage mich oft, wieso solche Leute ein Kopftuch tragen, wenn sie nicht mal die Bedeutung kapiert haben. Sie trägt das Kopftuch, verhält sich gleichzeitig aber wie ein Raufbold. Mein erster Gedanke ist, dass es kein Wunder ist, dass solche Beispiele immer präsent sind, bzw. ständig von ihnen gesprochen wird, wenn es ums Kopftuch geht. Auf der Stelle aber weiß ich, wie schwach der Gedanke ist. Zu zahlreich sind die Gegenbeispiele – Wer? Angefangen von Mustafas Schwester. Auf jeden Fall überwiegen sie. Aber diese Beispiele werden nie genannt.

Warum? An ihrer Präsenz scheint es nicht zu liegen.

Vielleicht liegt es aber auch daran, dass der Ausländeranteil von Unterstufe bis Oberstufe drastisch abnimmt – jedenfalls was Gymnasien anbelangt.

Ich kehre zurück in die Klasse. Noch Fünf Minuten Pause. Ich tue, als würde ich verschlafen vor mich hin harren, während ich die Klasse beobachte. Der Platz hinten in der Ecke hat gewisse Vorteile – man hat alle im Blick. Ich sehe Katharina und AnnLuisa mit Julian sprechen. Das ist bestimmt lustig.

„Patrick hat mir gestern schon wieder einen Antrag gemacht!", berichtet Katharina laut.

„Wirklich?", fragt Julian mit echtem Interesse.

„Ja. Er hat gesagt, dass ich fett bin, weil er meinte, so würde er anders als andere vorgehen". Ich darf nicht reagieren, nur als Unbeteiligter kann ich am besten beobachten.

Aus dem Augenwinkel nehme ich Theas Blick wahr. Ihr auf Katharina gerichteter Blick spricht Bände. Hastig lasse ich den Kopf auf den Tisch fallen und fluche: „Bitte halt die Klappe!".

Wie erwartet regiert Thea mit einem Lachen: „Es gibt schon ziemlich dumme Leute!".

„Du magst sie auch nicht?", frage ich unschuldig.

„Seit zwei Jahren nicht mehr", erklärt sie. Geduldig spiele ich mit. „Was ist denn vor zwei Jahren passiert?".

„Sie hat behauptet, dass mein Bruder was von ihr wollte und er mit ihr nur nichts angefangen hat, weil ich mich angeblich dazwischen gestellt hätte – mein Bruder ist 21!". Plötzlich lästern sie über Freyza.

„Sie hat ja eigentlich gesagt, da würde nichts mehr laufen", lacht Katharina künstlich.

„Ja, und dann knutschen die an Fasching richtig rum!", stimmt Julian ein. Männer die sich an solchen Gesprächen beteiligen, sind noch tiefer gesunken als die Frauen, die es tun.

„Also ich werd' die ma ansprechen, mir erzählt sie's bestimmt!", plant Ann-Luisa.

„Ach, die Freyza hatte schon jeden! Die denkt voll, dass sie hübsch wäre", leiert Ranke. Wenn man sagt, dass die Stimme eines Menschen zu seinem Äußeren passt – Ranke ist das perfekte Beispiel dafür.

Ann-Luisa stimmt ihr lachend zu. Mir platzt der Kragen.

„Habt ihr eigentlich nichts anderes zu tun, als die ganze Zeit zu lästern?", fahre ich sie an. Verständnislos blicken sie mich an und verstummen: „Es nervt – macht es wo anders oder seid still!".

Die darauf folgende Stille tut gut.

Sobald Herr Guth zurück ist, arbeiten wir Arbeitsaufträge anhand von Texten durch, bevor wir weiter über Lenz sprechen. Ich habe die Lektüre immer noch nicht gelesen, dank einer Inhaltsskizze und eines Theaterstücks kann ich pokern. Wir lesen ein Gedicht von ihm und sprechen darüber, weshalb Friederike Brion ihn wohl abgewiesen hat.

„Ich meine solch ein Gedicht, welches Damenherz würde nicht darauf erweichen!", schwärmt Herr Guth.

„Meines", meldet Katharina sich leise an Ann-Luisa: „Ich würd mir denken, was ist denn bei dem schief gelaufen?". Ein wenig Alkohol und die richtige Umgebung reichen aus, damit sie sich auf den Rücken legen - Poesie hingegen lässt sie gähnen. Aber vor allem: Wer schreibt ihr Gedichte?

„Ich glaube", beantworte ich eine der Aufgaben: „ein Satz passt besonders gut auf die Novelle von Büchner. Zwanzig Jahre lebte das Mädchen, bevor Goethe kam und ihr die Augen geöffnet hat: Er hat sie aus Alltag, aus der Eintönigkeit herausgerissen und ihr die Welt geboten, hat sie damit zu Leben erweckt; Er hat ihr die Augen für das wahre Leben geöffnet! Nach seinem plötzlichen Verschwinden zerbricht sie eben und Lenz schafft es nicht, sie wieder zu richtigem Leben zu erwecken". Herr Guth und ich unterhalten uns noch etwas darüber.

Auch auf Lenz Vaterprobleme kommen wir zusprechen. Ich werfe dem Vater eine Geben-Nehmen Beziehung vor – die meisten stimmen mir zu.

Wie ähnlich er doch uns ist, bedenkt man, worauf unsere Beziehungen tatsächlich gründen.

„Wobei das nicht bei allen so war – Mozart und Goethe haben beispielsweise sehr innigen und regelmäßigen Briefwechsel mit ihren Müttern gehalten", erklärt Herr Guth.

„Und das ist es ja", meine ich: „Es wurde von der Mutter erwartet, dass sie sich um all das kümmert, während der Vater hart sein musste". Nicht alles geschieht aus Böswilligkeit – bei vielem wissen die Menschen es nicht besser. Ohne es zu bemerken, handeln wir nicht so, wie wir es eigentlich für richtig halten, sondern wie es von uns erwartet wird. So verschieden sind wir gar nicht von der damaligen Zeit, oder? Nur was von uns erwartet wird, das hat sich geändert.

Herr Guth stimmt mir zu und erzählt ein paar Beispiele. Dann folgt ein Referat von Ann-Lusia. Sie ist, wie immer, nervös und spricht schnell. Kaum berichtet sie, dass Büchner aus Gottlau kommt, unterbricht Herr Guth sie. Herr Guth beginnt nach etwas zu fragen.

„Darauf gehe ich später ein", murmelt Ann-Luisa kaum hörbar. Aber er hört sie nicht. Dann folgt ein weiterer Exkurs und dann noch einer – bei Herrn Guth gibt es viel zu lernen, wenn man es nur zu schätzen weiß.

Daraufhin kommt Ann-Luisa auf Büchners Verlobung zu sprechen. Während ihrer Verlobung, waren beide eine Zeit lang getrennt. „Wieso ist sie nicht mit ihm gereist?", fragt jemand.

„Weil sie beide nicht verheiratet waren, was sie nicht konnten, weil damals eine Heirat nur auf materieller Basis möglich war". Würde man eine Tomate neben Ann-Luisas Wangen halten, wäre der Unterschied nur schwer auszumachen. Ich weiß, dass sie es nicht leiden kann, vorne zu stehen und ein Referat zu halten. Dann plötzlich taucht eine ihrer letzten Folien auf und ich erfahre, dass Büchner mit 23 Jahren gestorben ist.

Mit 23! Trotzdem unvergessliches geleistet. Und heute…

Obwohl, ich tue den dreiundzwanzig jährigen dieser Zeit Unrecht – sie haben immerhin schon die ganze GTA-Serie erfolgreich durchgespielt!

Als das Referat endet, trennen uns noch drei Minuten vom gesegneten *Schuleaus*. Herr Guth fragt, ob jemand noch Fragen hat. Weil keiner sich meldet, meint er: „Ist ja logisch. Wer sich jetzt meldet, macht sich unbeliebt".

„Wenn das so ist…", ich melde mich als einziger.

„Ja?".

„…Ja…also…", wenn Blicke töten könnten, dann wäre ich wohl im nächsten Moment durchsiebt vom Stuhl gefallen.

„Du hast ja gesagt…".

Dreißig Minuten später…

Nachdem Mustafa mich heimgefahren hat und ich draußen vor der Tür auf meine Mutter warte, fällt mir ein Satz von Herrn Guth ein: „Natürlich sind die Menschen heutzutage vernünftiger…".

Ich sehe einem Schmetterling zu, es ist gestürzt. Versucht zu fliegen, aber ich glaube eines seiner Flügel ist gebrochen.

Sind wir heute vernünftiger?

Versuchen wir überhaupt noch zu fliegen?

Donnerstag

Manchmal hadere ich mit mir selbst. Bin ich vielleicht zu zynisch? Sehe ich die Welt zu grau? Das wirft mir jedenfalls meine Mutter vor.

Doch dann passieren solche Dinge:

Shanin, die Nachbarin von Sharen, meldet sich: „Herr Guth, können wir mal eine Pizza bestellen oder so? Weil die andere LK's backen Waffeln, bestellen Pizza oder gehen bowlen und wir machen nur Unterricht".

Es beginnt eine Diskussion. Herr Guth ist dagegen: „Es ist doch noch halb elf, Leute!". Alle anderen stimmen Shanin zu. Lukas und zwei weitere enthalten sich. Ich bin der einzige, der Herr Guth zustimmt. Nicht weil ich schleimen will, sondern weil ich keine Lust habe. Fünf Minuten vergehen.

„Aber alle machen das, Herr Guth!".

Glücklicherweise fällt mir ein Satz ein, über den wir vor zwei Wochen gesprochen hatten. Ich werfe ihn ein: „Wenn alle aus dem Fenster springen, tust du das dann auch?". Während Dimitri und ich uns ins Fäustchen lachen, fangen die anderen an, durcheinander zu rufen. Herr Guth lässt sich überzeugen:

„Okay. Dann bestellen wir eben zwei Pizzen, die in die Mitte kommen und jeder bedient sich". Dann fängt die Preisfrage an. Auch hier gehen mehrere Minuten verloren.

„Ist egal – ich bezahle einfach und ihr gebt mir das Geld dann später. Ob eine jetzt zehn oder zwölf Euro kostet ist unwichtig. Also bestellen wir jetzt eine".

„Aber jetzt habe ich ehrlich gesagt keine Lust, es ist doch noch halb elf", meint Shanin.

All die Diskussionen umsonst. Mit einem Mal will doch keiner Pizza.

Nein liebe Mama, meine Sicht der Welt ist noch ein wenig zu bunt.

Später, vor der Haustür...

Ich brauche einen Moment und atme tief durch. Wenn man sich verstellt, muss man darauf achten, dass die Maske nicht zur Persönlichkeit wird. Aber oftmals ist es so, dass beim Betreten des Zuhauses automatisch die Maske abfällt. Es scheint ein menschlicher Mechanismus zu sein, hier fühlen wir uns sicher – deshalb vielleicht auch die Verstörung, wenn in diesen privaten Bereich eingebrochen wird.

Es ist schwer, sich derart zu verstellen, wie ich das tue. Selbst wenn es ein Experiment ist, muss ich darauf aufpassen, dass ich die Kontrolle habe, und nicht kontrolliert werde.

Aber als ich höre, wie meine kleine verrückt aufs Klavier hämmert – da fällt alles von mir ab und ich kann es kaum erwarten, rein zu gehen.

Stunden später…

Ich sehe aus dem Bus. Ich sitze gerade in der Linie 3 und fahre zur Schule. Normalerweise würde ich jetzt gemütlich Zuhause sitzen und die Ergebnisse meines kleinen Experimentes aufschreiben. Stattdessen friere ich und fahre zur Schule.

Verdammter Ehemaligentag!

Eigentlich eine nette Idee: Ehemalige Schüler, die es zu etwas gebracht haben, erzählen aus ihrem Berufsleben, was man dafür braucht usw. Da nimmt auch fast jeder Schüler teil, warum? Pflichtveranstaltung. Ich gehe nur hin, weil nach der Veranstaltung was anstehen wird. Während ich mit Sinan draußen warte, kommt uns Enissa entgegen. Lederleggings, rote Lippen und hochhackige Schuhe.

„Digga, schreib ihm nochmal!", fordere ich Sinan auf.

„Er kann nicht, sagt er".

Ich verziehe meine Miene.

„Was ist denn los?", fragt

Enissa.

„Sieht so aus, als wären Sinan und ich die einzigen von uns hier".

„Oh, du armer".

„Tröste mich…", murmele ich und ziehe sie an mich. Sie schlingt die Arme um mich.

„Du darfst alles", erklärt sie.

„Alles…?", ich gehe noch näher.

„Außer das!", lacht sie und legt ihren Zeigefinger auf meine Lippen.

Später…
Alle sind beim Büffet, Sinan, Eddy, Phil und ich stehen draußen vor dem E Gebäude. Es ist dunkel und kalt. Aber drinnen herrscht stickige Luft, hier ist es angenehm. Was hatte dieses unverstandene Genie gesagt?
Ihr jungen Leute – ihr werdet noch mehr arbeiten als wir es tun – aber nichts von eurer Rente haben! Aber ach, wem sage ich das – es interessiert euch ja gar nicht. Unpolitisch seid ihr!
„Alta, diese Spastis, das die uns hier her gezwungen haben!", flucht Phil, bevor er drinnen verschwindet. Wir verbliebenen stimmen ihm zu, als Enissa auftaucht. Sie streckt die Arme und presst sich an mich. „Alles außer küssen", dabei sieht sie mich neckend an. Meine Hände gleiten bis zu ihrem Hintern runter.
Sie protestiert wie erwartet nicht.
Ich packe hart zu. Sie jauchzt auf, bevor ich sie wieder weg schubse.
„Arschloch!", lacht sie: „Das waren die besten zwei Sekunden deines Lebens!", sie ist an der Tür zum Gebäude.
„Wären sie, wenn du sie nicht durch deine Stimme kaputt gemacht hättest!", kontere ich. Sie wirft mir einen giftigen Blick zu und verschwindet.
Später an diesem Abend kommt sie wieder zu mir.
Aber nicht vergessen: Eigentlich ist sie nicht so.

Freitag
Beim Warten auf den Bus…
Der letzte Tag der Projektwoche. Wir haben durchgehend Unterricht gemacht. Keine Pizza bestellt, keine Waffeln oder sonst irgendetwas. Viele haben gemurrt und sich geärgert. Wenn die anderen Klassen darüber erzählen, dass sie Pizza gegessen haben, dann folgen Ohhh, man ich will das auch und Siehst du! Jeder macht das! Aber Herr Guth nicht! Das regt mich so auf was ich überhaupt nicht mag: Ist das jetzt sein Ernst! Jetzt mal ohne Spaß, also ganz ehrlich… Was dabei

einfach unter den Tisch gekehrt wird, ist der Rest des Jahres: Der lockere Umgang, die außergewöhnlich hohe Qualität seines Unterrichts – alles was zählt: Wir haben in der Projektwoche keine Pizza gegessen.

Der Bus taucht auf.

Was aber tatsächlich quält, ist der Vortrag über Bewerbungen. Gut, Bewerbungsgespräche zu üben und Tipps von Erfahrenen zu bekommen, die Menschen darin prüfen, ist ja nicht schlecht. Aber wozu von 8:30 Uhr bis 13:00 Uhr?

Als der Bus hält, laufe ich auf die hinterste Tür zu, die zum Ausländerabteil führt.

Was waren das für Zeiten, als man in der Projektwoche an einem Tag mal frei sich bewegen durfte! Wir konnten Fußball spielen, Basketball spielen und was sonst das Herz begehrte. Ich würde aber auch gerne Unterricht machen, also keinen normalen Unterricht sondern Guth-Unterricht. Seine Formulierung: „Selbstverständlich sind die Menschen heute vernünftiger…", schwirrt noch immer in meinem Kopf herum.

Donnerstag,
Deutschunterricht...

Herr Guth fordert uns auf, dem Rest des Kurses von Jugend debattiert zu erzählen. Ein Wettbewerb, bei dem jeweils ein Vertreter seiner Jahrgangsstufe mit vier anderen von verschiedenen Schulen zu einem Thema diskutiert. Von unserer Schule waren da ein Mädchen aus der Neunten und Shanin aus meiner Klasse. Übrigens war sie nur dabei, weil ich mich selbst zurückgezogen habe: Sie hatte im Vorjahr verloren, angeblich war es eine unfaire Bewertung gewesen – also gewährte ich ihr den Vortritt.

Ich berichte, dass das Mädchen aus der neunten Klasse erste geworden und unsere mit dem dritten Platz raus geflogen ist.

Dann wird nach dem Inhalt gefragt. Ich erzähle, wie sehr mich das Mädchen aus der neunten Klasse beeindruckt hatte. Ein wenig zurückhaltend äußere ich mich, weil ich nicht will, dass unsere Kandidatin sich allzu sehr schämt.

"Also ich fand es ziemlich knapp", sagt sie plötzlich: "Also ich habe unsere ehrlich gesagt nicht auf Platz Eins gesehen...". Nur um selbst nicht so schlecht dazustehen...Sie hat immerhin den Anstand, nicht wie gestern sich selbst zu entblößen, indem sie das Mädchen aus der neunten Klasse sogar auf den dritten Platz einschätzt.

Sofort melde ich mich und widerspreche ihr. Ich schildere den anderen genau, wie es war. Sie war einfach klasse. Ihre ganze Aufregung war ihr im Gesicht anzusehen, es schien, als würde sie gleich in die Luft gehen - und trotzdem souverän, ruhig und doch eindringlich und unerbittlich. Nachdem die anderen dran kommen, merke ich, dass keiner wirklich über unsere Kandidatin spricht. Keiner will sagen, dass ihre Drittplatzierung verdient war. Sie selbst sagt aber, dass sie sich selbst nicht auf Platz Drei gesehen hat. „Also, ich habe auch ganz klar Shanin auf Platz Zwei gesehen! Und das Mädchen, welches den 2.Platz belegte, hatte den nicht verdient!", meint Herr Guth. Was?

„Tatsächlich war Shanin in der freien Aussprache klasse! Und nur wegen Kleinigkeiten hat sie es nicht geschafft...". Shanin wird dran genommen: "Also ich fand das ehrlich gesagt selbst als Teilnehmerin genau so".

Ich versuche mich zurückzuhalten. Aber mich quält die Tatsache, dass hier der tatsächlichen Zweitplatzierten Tara Unrecht getan wird. Sie hatte den zweiten Platz verdient. Sie war nicht besonders gut, aber Shanin war auf keinen Fall besser. Und selbst wenn das nur in meinen Augen so ist - meinem Empfinden nach geschieht hier der Tara Unrecht.

Ich weiß, wenn ich mich jetzt nicht melde, dann kann ich nicht ruhig schlafen. Also melde ich mich.

„Ich sehe das nicht so. Also klar, in der Frage über eine allgemeine Impflicht gegen Masern ist die Pro Seite ganz klar im Vorteil, aber - die Bewertung der Jury war fair! Ich finde zu behaupten, Shanin hätte zweite sein müssen, ist der Tara gegenüber ungerecht. Denn Tara war besser und hat damit den zweiten Platz verdient".

Als wir gerade mit dem Unterricht beginnen wollen, erklärt Alpina plötzlich: "Also die Ranka und ich würden die Arbeit gerne vorher schreiben".

Sie und ungefähr sieben Leute aus dem Kurs fahren in der Klausurwoche nach Schweden.

Herr Guth sieht in seinen Terminkalender: „Der eigentliche Termin wäre in drei Wochen...also übernächste Woche?".

„Aber da schreiben wir Mathe und PoWi!", wirft jemand anderes ein.

„Wir könnten doch auch nächste Woche schreiben!", meint Ranka: „Denn der offizielle Nachschreibetermin ist einfach zu spät!".

Ich lehne mich zurück und lausche erst mal nur. In den Gesichtern der Leute mir gegenüber lese ich, dass das ihnen nicht passt. Einige tuscheln miteinander.

Melden tut sich aber nur ein Mädchen.

„Also das fände ich ehrlich gesagt nicht so gut", meint sie:

„Denn eine Woche ist ziemlich knapp, wir schreiben auch Bio nächste Woche und dafür muss ich jetzt richtig viel auswendig lernen – müssen wir am offiziellen Nachschreibetermin schreiben?" „Oh man", murmelt Ranka wütend zu meiner linken. „Warum machen die so ein Theater", meckert Ele leise: "Man muss für Deutsch doch eh nichts lernen!".

Ich sehe noch ein wenig zu, außer diesem einen Mädchen sagt niemand was dagegen, obwohl mehrere tuscheln und einen Gesichtsausdruck aufgesetzt haben, als hätten sie in eine Zitrone gebissen.

Ich wäge ab. Moral oder Gerechtigkeit? Uns gegenüber, die nicht nach Schweden fahren, ist es ungerecht. Wer sich auf einen Austausch einlässt, der geht auch das Risiko ein, wegen Klausuren in Verzug zu geraten.

„Also ich finde Rankas Vorschlag ungerecht!", erkläre ich.
„Wieso?", fragt Herr Guth.

„Weil das ungerecht ist".
Schlechte Begründung.

„Nachschreiben mag keine tolle Sache sein – Aber das muss einem klar sein, wenn man an einem Austausch teilnimmt. Das jetzt deswegen eine Woche zurückzunehmen ist uns gegenüber ungerecht. Wir schreiben nächste Woche Englisch und dafür müssen wir auch einiges lernen...".

„Was muss man denn für Englisch lernen", murmelt Ele Lukas zu.

„Wenn du die Gesichtsausdrücke der anderen sehen könntest...", murmelt Dimitri und lacht.

Ich grinse: Wenn die Mehrheit dich anstiert, als wäre man vom Planeten der Leprakranken, so wisse: Du bist auf dem richtigen Weg.

Donnerstagabend
nach dem Sport...

Ein Mädchen nur. Das Kopftuch Mädchen, ist die einzige, die an der Altkleider-Aktion für die Opfer von Kobane teilnimmt. Ich wusste, dass nicht alle „Ja wir müssen was tun!", auch so meinen – aber nur eine? Damit habe ich nicht gerechnet.

Nur eine Person Von ca. fünfunddreißig?

Ich schäme mich, Samstag dieses mickrige Ergebnis preis zu geben. Anders gesagt will ich die Schwäche und Ignoranz dieser Menschen nicht preisgeben, tatsächlich tun sie mir leid. Vielleicht sage ich, dass ich nicht daran gedacht habe, meine Klasse dazu aufzufordern.

„Hier", auch Chila bringt mit eine Tüte und mit ihr Max. Mehr kommt nicht mehr. Ich danke ihnen und nehme die Tüten entgegen. Beide waren großzügig.

Wobei ich vielleicht auch zu wenig getan habe. Hätte ich eine größere Bekanntmachung gemacht, wären 100 Leute benachrichtigt, womöglich wären dann fünf oder sogar sechs bereit, sich von einem alten Kleidungsstück zu trennen. Mir kommt in den Sinn, was Milli gesagt hatte: „Ich helfe gerne, dass weißt du doch!".

„Nein weiß ich nicht. Denn ich kenne dich nicht", darauf hatte sie mich ungläubig und beleidigt angesehen.

Ich glaube, wenn Gandhi jetzt auf uns herabblickt, dann weint er. Menschen wie er haben für Menschen wie uns ihr Leben gegeben - manchmal habe ich den Eindruck, dass sie doch für nichts gestorben sind.

Freitagabend…

„Ehrenlose…“, fange ich an zu fluchen. Baba hat mir gerade von den Kreuzzügen erzählt. Eine muslimische, von den Kreuzfahrern belagerte Stadt bittet benachbarte muslimische Herrscher um Hilfe – doch diese weigern sich aufgrund von Rivalitäten.

Mein Vater unterbricht meinen Flüche Schwall zornig: „Hey, wie sprichst du?“.

„Wie ein asozialer!“, antwortet meine Mutter an meiner statt. Irritiert versuche ich mich zu rechtfertigen: „Ja guck doch mal: Die lassen sie einfach sterben…“.

„Und was tun wir?“, unterbricht mein Vater mich wieder scharf: „Später wird man über uns vielleicht dasselbe sagen. Was tun wir, während in Syrien Menschen sterben?“. Seine Worte ersticken jegliche Ausflüchte meinerseits im Keim. Ich denke daran, dass der Bürgerkrieg dort schon seit mehreren Jahren tobt – und was tue ich? Nichts. Mit einem Mal glaube ich zu spüren, wie "die großen" der Geschichte auf mich herabblicken, wie sie den Kopf über mich schütteln. Ich schäme mich vor mir selbst. All das geschieht im Bruchteil einer Sekunde.

Während mein Geist mich verschmäht, sorgt mein Gehirn dafür, dass der Fall meiner Hochburg von Selbsttäuschung mir nicht anzusehen ist. Wir sprechen weiter. Ich wettere erneut gegen "die bösen deutschen": „Guck mal! Im Geschichtsunterricht wird über die Geschichte der Welt gesprochen! Aber von beispielsweise den Osmanen, also eigentlich unsere ganze
Geschichte wird nicht…“. Wieder unterbricht mein Vater mich: „Deine Geschichte?“. Ich seufze: „Du weißt doch…“.

„Was hast du gemacht, dass es deine Geschichte wird? Und wer sind die?“, ich sehe seinem Gesicht an, dass er wütend wird: „Ich habe dir schon mal gesagt: Ich mag diese Trennung in die und wir nicht! So machen es die Europäer auch! Wir haben eine gemeinsame Geschichte! Die Muslime haben diesen Kontinent mehr als 700 Jahre geprägt".

„Ja, aber…".

„Nichts aber! Ich finde es auch nicht in Ordnung, dass diese Zeit kaum angesprochen wird, aber genauso wenig sehe ich ein, dass du dich als Teil dieser Geschichte brüstest! Wenn du einen Selhaddin Eyyubi als deine Geschichte beanspruchst, so werde dem Gerecht und übernehme Verantwortung! Wenn es um Massaker geht, weist man das weit von sich, aber große Helden nennt man gerne unsere Geschichte!". Wieder spüre ich, wie mein Ich-Bewusstsein den Kopf senkt. Aber mein Vater ist nicht fertig, heute soll auf mein Ich bis zum finalen Knockout gedroschen werden: „Heute würdest du Selhaddin Eyyubi einen Schlappschwanz nennen!". Ich weiß, dass er Recht hat, deshalb widerspreche ich auch nicht. Er deutet auf das Sachbuch eines Historikers: „Er hat das Kämpfen nie gemocht! Hat immer versucht, durch Verhandlungen den Kampf zu umgehen. Nicht weil er ein Feigling ist, sondern weil er unnötiges Blutvergießen umgehen wollte. Er ist so gerecht und ehrenvoll, dass er Löwenherz einen Arzt schickt, nach dem dieser vor den Toren Jerusalems erkrankte". Ich weiß, wovon er spricht. Löwenherz kommt, um Jerusalem von den Muslimen zurück zu erobern. Auf seinem Weg mordet, brandschatzt und vergewaltigt er. Doch kurz vor den Toren Jerusalems wird er plötzlich krank. Seine Leibärzte lassen ihn zu Ader, beten eifrig – doch vergeblich. Statt dies auszunutzen, schickte Selhaddin Eyyubi ihm einen Arzt, die Diagnose: Mehr Obst essen und sich mal waschen. Löwenherz verheilte und zog ab. „Nicht nur ihn – auch den Propheten würdest du als einen halben Mann abtun", erklärt mein Vater: „Einmal kam ein Mann zu ihm und verlangte: Ich mag deine Frau und will sie". Meine Augen weiten sich. Mein Vater nickt spöttisch: „Genauso hat auch Umar, der gerade bei ihm saß, reagiert und nach seinem Schwert gegriffen. Doch der Prophet hat ihm bedeutet: Nein! Nicht weil er ein Feigling war und sich nicht wehren konnte, sondern weil der Mann ein Beduine war. Er hat fern von jeglicher Zivilisation in der Wüste gelebt und nichts Böses im Sinn. Der Prophet hat ihn ruhig aufgefordert, fort zu gehen. Am nächsten Tag kam der Mann mit demselben Anliegen. Wieder greifen Umar und andere zu ihren Waffen und wieder bleibt der Prophet barmherzig. Er erklärt dem Beduinen lächelnd: Kennst du nicht den Vers aus dem Koran? Dass meine Frau die Mutter aller Muslime ist? Diese Männer hier würden dich auf der Stelle töten, wenn ich es ihnen erlaubte. Denn du beleidigst nicht nur meine Frau und mich, sondern all diese Menschen.

Deshalb besinne dich und ziehe von dannen!", mein Vater nippt an seinem Tee: „Sie schütten einen Kübel Kamel Kot über sein Haupt, während er betet. Seine kleine Tochter sitzt neben ihm und beginnt zu weinen. Du würdest dich auf diese Leute stürzen. Aber er macht sein Gesicht sauber und tröstet seine Tochter. Schon Jesus sagte: Oh Gott, verzeihe ihnen, denn sie wussten nicht, was sie taten. Oder Gandhi – Sie bewerfen ihn mit Steinen, prügeln auf ihn ein, trotzdem verzeiht er ihnen, noch während sie es tun!". Er deutet auf ein Blatt: „Z.B. die Zeichnung, die deine Schwester heute in der Schule bekommen hat. Wo von jedem Land ein Symbol gezeigt wird. In dem einen ist es Mozart, in dem anderen das Brandenburger Tor und wieder wo anders der Élysée-Palast - und bei der Türkei ist es eine Frau, die ihrem bewaffneten Mann Tee einschenkt. Wir wissen, dass die Türkei nicht das ist. Natürlich ist es traurig, dass ein Land mit solch einer großen Geschichte auf so etwas reduziert wird, aber ich glaube nicht, dass der Lehrer es aus Böswilligkeit oder bewusst getan hat. Er wollte das eine oder andere bestimmte Bild zeigen, und hat diese Karikatur gewählt. Vieles unterläuft den Lehrern unbewusst…".   „Genau das ist es ja!", erkläre ich: „Unbewusst! Sie denken nicht weiter drüber nach, weil es ihnen nicht wichtig ist!".   „Das kannst du aber nicht mit Groll ändern!", entgegnet Baba: „Das Problem, welches wir derzeit haben ist: Beide Seiten unterstellen sich gegenseitig Böswilligkeit! Wenn du nicht barmherzig wärest, wäre keiner an deiner Seite geblieben, so Gott zum Propheten. Mit Groll hätte Gandhi nichts erreicht!". Ich versuche die Worte zu verdauen.

„Studiere die Geschichte und lerne aus ihren Fehlern". Er liest eine Stelle aus dem Historiker-Buch. Demnach soll einst ein junger Soldat zu dem großen Krieger Ali gekommen sein und ihn herausgefordert haben. Ali, der den Titel Löwe Gottes trug, warnte ihn. Doch der junge Soldat blieb hartnäckig. Ali fragte ihn, was denn der Grund für seine Lebensmüdigkeit sei. Der Jüngling antwortete ihm, er würde um die Hand einer Frau anhalten und diese würde ihm erst dann das Ja-Wort geben, wenn er den großen Krieger Ali besiegt hätte. Als Ali ihm wieder klar macht, dass er keine Chance hat, entgegnet der Jüngling: Wenn nicht um der Liebe willen, wofür dann sterben?

Daraufhin nahm Ali den Helm ab und beugte seinen Nacken mit den Worten vor: So, töte mich, um der Liebe willen will ich sterben!

„Ob das wahr ist oder nicht, spielt keine Rolle!", erklärt mein Vater: „Es geht darum, dass Muslime solche Geschichten vor tausend Jahren geschrieben haben! Ali war ein großer Kämpfer, keine Frage, aber er war auch ein Dichter. Nicht seine Frau, sondern er hat seine Sachen geflickt. Was für dich ein Zeichen von Schwäche ist". Tatsächlich stimmt das. Wenn in der Schule jemand damit entlarvt würde, dass er Zuhause näht, flickt und putzt, würde ihn jeder eine Pussy nennen. Ich wäre dabei an vorderster Stelle. Dabei haben das große Krieger wie Ali und der Prophet selbst getan. Mir werden zwei Dinge klar: Erstens, dass ich meinen Vater verehre und dankbar bin, dass es ihn gibt. Denn würden seine Erklärungen fehlen, würde ich die Orientierungslosigkeit vieler Jugendlicher meiner Generation teilen. Viele stehen zwischen zwei Fronten, auf der einen Seite die Deutschen und auf der anderen Seite die Familie. Zwischen beiden Fronten eingeklemmt zu sein und keinen Ausweg zu sehen, ist eine große Last – viele gehen verloren.

Die eine Front ist mir erspart.

Zweitens, dass ich meinen Geist drillen muss. Ich muss mehr an mir arbeiten, mich mehr auf mich konzentrieren, als auf meine Umgebung. Ansonsten bin ich den großen der

Menschheitsgeschichte nicht würdig, ansonsten bin ich wie diejenigen, die ich doch kritisiere.

„Wir kennen unsere eigene Geschichte nicht", fährt mein Vater fort: „Ich zum Beispiel habe erst mit dreißig Jahren angefangen, eine Wandlung zu vollziehen. Bei allen Menschen setzt es zu einer anderen Zeit ein, es ist aber immer derselbe Auslöser: Nämlich wenn sie anfangen, sich zu öffnen. Zuvor war ich ein glühender Verehrer der Moderne", er lacht: „Ich kam aus einer patriarchalischen Gesellschaft, die ihre Traditionen Islam nannte. In solchen Gesellschaften ist das Denken verboten – das nannte man, und nennt man (leider Gottes) immer noch Islam. Nicht nur dort, sondern auch hier. Jedenfalls glaubte ich zu träumen, als ich hier ankam. Plötzlich war es mir erlaubt, Gedanken laut auszusprechen und Bücher zu lesen. Bücher, die nicht der verbreiteten Meinung entsprachen. Ich konnte leben, wie ich wollte und werden was ich wollte. Kurz um: Ich lernte Kant kennen. Vernunft und Verstand. Ich war überwältigt. Bis ich angefangen habe, die Islamische Geschichte kennen zu lernen. Zum Beispiel: Nach Prophet's Ableben und den darauffolgen zwei Kalifen, kandidieren Osman und Ali. Es gab schon vor mehr als tausend Jahren bei den Muslimen sowas wie ein Gremium, das wählte und vor dem sich die Kandidaten verantworten mussten. Beide wurden nach ihren Richtlinien gefragt. Osman erklärte: Als Vorbild nehme ich den Koran und den Propheten. Ich werde den Weg meiner Vorgänger gehen. Ali hingegen sprach: Meine Richtlinien sind der Koran, der Prophet und mein Verstand. Nicht meine Vorgänger. Er hat das zu einer Zeit gesagt, in der Kant noch nicht einmal geplant war". Ich grinse.

„Viele Muslime kennen die Geschichte ihrer eigenen Religion nicht. Daran sind nicht die bösen Europäer Schuld, sondern sie selbst.".

Ich nicke.

„Und jetzt geh lesen", beendet mein Vater das Ganze.

Mittwoch
Nach der fünften Stunde…

Ich verfluche mich dafür, heute in die Schule gekommen zu sein. Heute ist ein Hochschulinformationstag. Jeder Schüler kann sich einschreiben und hinzufügen, für welche Fächer er sich interessiert – daraufhin wird man zugeteilt und darf sich einen Vortrag darüber anhören, was es für Anforderungen gibt, welche Universitäten in Frage kommen usw. – Also total uninteressant.

Deshalb habe ich mich nicht angemeldet, folgende Konsequenzen dabei in Kauf genommen:

1. Ärger mit meinem Vater.

2. Ich muss in die Schule.

   Pech gehabt.

„Bist du der einzige?", fragt mich mein Geschichtslehrer Herr Konservativ. Wir haben uns auf dem Weg zum Raum getroffen.

„Sieht bisher so aus, Herr Konservativ", antworte ich: „Also können wir leider keinen Unterricht machen", seufze ich unschuldig.

Er lacht.

Er sagt etwas, worauf ich etwas antworte. Mich beschäftigt, was Meine Schwester mir erzählt hatte. „Frau Weltretterin hat zwei zwölfjährigen Mädchen gesagt: Ohh, wollt ihr später wirklich Kopftuch tragen? Das ist doch schade um euer schönes Haar!"

Herr Konservativ spricht mit mir über einige Sachen, darunter kommen wir auch auf die Charlie Hebdo Übergriffe zu sprechen.

„Und was haben die Mädchen daraufhin gesagt?", hatte ich Meine Schwester gefragt. Sie hatte nur mit den Schultern gezuckt: „Nichts. Sie haben ja gesagt, mehr nicht".

Ich ärgere mich, aber dann wird mir klar: Zuhause ist niemand, mit dem man sich unterhalten kann und in der Schule wartet Frau Weltretterin.

„Also ich analysiere gerne Gesellschaften und ihre Probleme…", erklärt Herr Konservativ.

Ich hab aber auch wirklich gar kein Glück! Ich wünschte, ich hätte Frau Weltretterin als Ethiklehrerin und nicht Herrn Integrationsbeauftragter. Kommentare wie: „Der Islam kennt keine Menschenrechte", sind nicht nur in der Jahrgangsstufe meiner Schwester gefallen.

„...und vor allem die Ursachen der Probleme – und, ähm, ich glaube das Kopftuch ist nicht mehr zeitgemäß".

Ach, Frau Weltretterin... Was?

„Also wie gesagt, ähm, ich analysiere gerne verschiedene Gesellschaften und die Ursachen für ihre Probleme – und das Kopftuch ist meiner Meinung nach nicht mehr zeitgemäß!".

Ich sehe ihn einen Moment lang an. Es ermüdet mich, ständig Diskussionen bzgl. des Islams zu führen. Und deshalb entscheide ich mich dafür, es einfach ruhen zu lassen.

„Das Kopftuch gibt es ja so auch gar nicht im Koran – also nach dem Tot des Propheten erst, hat Umar einer der ersten Kalifen es eingeführt. Davor haben manche Frauen es freiwillig getragen, wenn sie den Frauen des Propheten nachahmen wollten".

Als Herr Konservativ gegangen ist, und ich alleine auf der saß, da wurde mir eines klar:

Wer bin ich eigentlich, dass ich darüber urteile? Eine Aussage wie: „Das Kopftuch ist nicht zeitgemäß", einfach so im Raum stehen zulassen – damit tue ich allen Frauen Unrecht, die es tragen.

Was geht es mich und Herrn Konservativ verdammt noch mal an?

Ich verfluche mich dafür, dass ich der Unterhaltung nicht aufmerksam gefolgt bin, und erst so spät mir klar wird, was seine Worte und vor allem wem er sie auf welche Weise übermittelt, für eine Bedeutung haben. Er hat mich schon zweimal gefragt, ob meine Familie streng religiös ist und meine Mutter Kopftuch trägt. Und er ist nicht irgendein Lehrer – er ist der Stufenleiter unserer Akademie – ein wenig Professionalität wäre doch nicht zu viel verlangt, oder?

Er war mal wieder ein Beweis dafür, was das eigentliche Problem der deutschen Gesellschaft ist: Einfach nur ein Tuch.

Wenn eine Frau mit Kopftuch vorbeiläuft, dann ist sie nicht einfach eine Frau, sondern die Frau mit dem Kopftuch. Tja, manchmal braucht es mehr als vierzig Jahre

Gastarbeitergeschichte und mehrere Millionen Muslime, bis man sich daran gewöhnt.

Später am Abend...

„Es bringt gar nichts, ständig diese Diskussionen zu führen", erkläre ich meiner Schwester. Ich habe ihr von dem Vorfall mit Herrn Konservativ erzählt: „Ich meine es ändert sich nichts – du erklärst es dem einen, und auf ihn folgen zehn weitere, denen du dasselbe wieder erklären darfst".

Sie nickt: „Und trotzdem kommen immer dieselben Fragen – jedes Jahr zur Fastenzeit fragen dieselben Leute: Dürft ihr auch wirklich gar nichts trinken?!".

Sie steht auf und nimmt sich eine Tasse: „Willst du auch Kaffee trinken?". Ich verziehe das Gesicht. Sie lacht: „Ach ne, ganz vergessen! Für dich sollte ich heiße Schokolade zubereiten".

Während sie sich den Kaffee zubereitet, sitze ich am Küchentisch und starre vor mich hin.

Irgendetwas kann ich doch tun? Aber was…

„Und vor allem der Grund wieso sie so einen Aufstand machen – ein Kopftuch", lacht meine Schwester: „Das Kopftuch ist für sie ein Dorn im Auge. Wenn jemand fragt: Wieso trägst du denn ein Kopftuch, geht es nicht darum, den Grund dafür zu erfahren, sondern wie kann man überhaupt so etwas aufziehen und der Hintergedanke ist: Bestimmt wird sie gezwungen! – Wenn zwei Parteien nicht bereit sind ohne vorbehalte erst einmal den anderen kennen zu lernen, dann werden sie ewig die

Nase rümpfen und in ihrer Dummheit sterben".

Ich lache. Ich stelle mir gerade Mister Fanatiker und Herrn Integrationsbeauftragter nebeneinander vor.

Wir lachen noch weiter und machen uns über die Banalität der Leute lustig. Dann plötzlich beantwortet meine Schwester meine Frage.

„Schreib doch mal einen Artikel".

„Einen Artikel?".

„Ja, einen lustigen und ironischen".

114

„Satire, also".

Der Gedanke gefällt mir.

„Wieso grinst du so?", fragt meine Schwester.

Sehr sogar.

Sofort bin ich auf den Beinen und laufe hoch.

„Wohin gehst du?", ruft sie mir nach.

Halbe Stunde später…

„Und?", frage ich aufgeregt.

„Wow, Klasse!", ruft sie aus: „Oh mein Gott – wenn das veröffentlich wird…".

Wieder grinse ich: „Hoffen wir's".

Nachdem mein Vater den Text gelesen und ein wenig zensiert hat, schickt er ihn an verschiedene Zeitungen. Darunter DER SPIEGEL, FAZ, GIEßENER ALLGEMEINE und DIE WELT.

Aufgeregt lege ich mich ins Bett.

Irgendwie fange ich an, Satire zu mögen.

Freitagmorgen

Freistunde

Ann-Luisa und ich sind noch die einzigen. Sie wollte früher immer mal im Jugendamt arbeiten.

„Willst du eigentlich immer noch im Jugendamt arbeiten?", frage ich sie.

„Naja", antwortet sie mit verzogenem Gesicht: „eigentlich schon".

„Du warst dir früher immer so sicher, du hast immer gesagt, dass du allen helfen willst", lächele ich.

„Jaa, schon, aber man kann ja nicht die ganze Welt retten oder?", meint sie. Ich erwidere nichts.

„Ich meine, man muss schon realistisch sein", wieder dieses scheußliche Wort: „Ein normaler Mensch kann nicht viel machen".

„Hätten Mandela und Gandhi wie du gedacht, hätte es sie nie gegeben", erkläre ich.

„Ay das sind aber auch Helden!".

„Nein, das sind ganz normale Menschen", widerspreche ich:
„Genauso wie du und ich. Das, was sie zu Helden gemacht hat,
ist, dass sie an etwas geglaubt und dafür gestorben sind!".
„Ja, was willst du jetzt machen, die ganze Welt retten oder
was?", spottet sie.

Ich zucke mit den Achseln: „Ich werde sicherlich nicht den
Hunger aller Kinder dieser Welt stillen können, aber ich kann
es versuchen", sage ich entschieden: „Jeder kann auf seine
Weise etwas tun. Und dabei geht es nicht darum die ganze
Welt zu retten – wenn jeder seinen Teil machen würde, dann
gäbe es die ganzen Probleme gar nicht. Ich schreibe", sie war
eine der wenigen, die von meinem Schreiben wusste: „und
kann versuchen gesellschaftliche Missstände anzuprangern.
Für dich ist es vielleicht sinnlose Träumerei – aber so hat jeder
große Name seinen Weg angefangen. Mit Träumen".
Dann trottet Katharina heran.

Normale Menschen. Eigentlich nichts negatives – die großen
der Geschichte haben sich sicherlich auch als normale
Menschen gesehen.
Nur was verstehen wir darunter?
Allem Anschein nach das Sprungbrett für Was kann ich schon
machen?
Erst sich selbst die Ketten anlegen und dann behaupten die
Religion wäre die Beschneidung menschlicher Freiheit – Das
21.Jahrhundert, die Zeit der Widersprüche.

Vier Wochen später
Osterferien
Mittwochabend
Morgen ist es endlich soweit! Morgen erscheint mein Artikel
in der Gießener Allgemeinen. Als Gastkommentar plus Bild.
Es ist das erste Mal, dass ich gedruckt werde. Und das ist es,
was mich glücklich macht.
Denn endlich wird mir Gehör geschenkt.
Ich habe sicherheitshalber dem Chefredakteur gemailt, dass er
mich bitte benachrichtigen möge. Und das hat der gute Mann
gemacht. Einen Haken hat die Sache nur: Ich wünschte, der
Artikel wäre vor den Osterferien erschienen. Ich befürchte,

dass er womöglich untergehen wird. Ich hätte gerne die Reaktionen der Lehrer mit bekommen, gerne hätte ich erfahren, was andere Schüler darüber denken.

Man kann eben nicht alles haben – Was zählt, ist, dass er erscheint. Ich schreibe meiner alten Deutschlehrerin, Frau Rebell. Eine Frau, der ich sehr viel verdanke und für mich mehr ist, als nur meine alte Deutschlehrerin. Das packe ich auch in die Mail. Außerdem sage ich ihr, dass sie meine Wenigkeit auf Seite Vier findet.

Ich schreibe auch Herrn Guth. Ich hatte ihm meinen Text vor einigen Wochen schon per Mail geschickt, interessanterweise hat er aber kein Wort darüber verloren. Gedichte und Kurzgeschichten hatte ich ihm geschickt, über jedes hatte er was gesagt – aber dieser Text?

Nein, nichts.

Ich schüttle den Gedanken daran ab – sicherlich ist er in der Flut von Mails untergegangen. Ich kann nicht widerstehen – einmal will ich den Text noch durchlesen:

Mein Name ist Arman Migrationshintergrund. Ich bin sechzehn Jahre alt. Ich lese gerne und schreibe leidenschaftlich. Außerdem spiele ich Klavier und Saz, wobei wohlgemerkt sei, dass die Ursache des Klavierspielens die Angst vor meiner Mutter ist. Ich bin großer Genießer von Berliner.

Mir ist das Leben innerhalb einer fünfköpfigen Familie vergönnt, in der liebenswürdiger Umgang an erster Stelle steht. Meine Leistungskurse sind Deutsch und Englisch. Zugegeben, in Englisch bin ich nicht der Beste, was mich der Faulheit schuldig brandmarkt. PoWi zwölf Punkte, Deutsch dreizehn und Ethik dreizehn, dasselbe nochmal in Sport. Die Naturwissenschaften lassen wir mal außen vor...

Langes Haar, breite Schultern, ein paar überschüssige Pfunde in letzter Zeit und Pickel im Gesicht.

Das wär's eigentlich...

Wenn ich das alles erzähle, bildet sich auf dem Gesicht meines Gegenübers meistens ein geduldiger, beinahe nachsichtiger Ausdruck.

Ach genau und meine Eltern sind aus der Türkei, ich esse kein Schweinefleisch und meine Eltern haben traditionell geheiratet. Und Saz ist eine türkische Laute.

Alles vor dem Ach genau ist vergessen, nur das danach bleibt im Gedächtnis. Zugegeben, wenn mein Ethiklehrer von meiner dreizehn Punkte Klausur in Deutsch hört, dann klopft er sich selbst auf die Schulter und meint: „Ein Vorzeigefall von gelungener Integration! Das haben wir aber toll gemacht!".

Ein Vorzeigefall...ich komme mir vor wie ein Verbrecher: Das Versuchskaninchen des neuen Einbürgerungsprogramms der Behörde für schwere Vergehen.

Hey, seht mal da: Ein Vorzeigebeispiel für gelungene Integration, dem es tatsächlich gelungen ist, in Deutsch dreizehn Punkte geschrieben zu haben!

Seltsam. Ich bin doch hier geboren? Mit dieser Sprache bin ich aufgewachsen. In dieser Sprache habe ich mein erstes Buch gelesen, den ersten Gedanken gefasst und das erste Mal geflucht. In dieser Sprache werde ich in der Schule unterrichtet, beim Praktikum angewiesen und bei einer Bewerbung getestet.

In dieser Sprache habe ich mein erstes Gedicht geschrieben und in dieser Sprache habe ich es benannt.

Aber trotzdem: Daumenhoch, dass ich versuche ein gutes Deutsch zu sprechen! Und Staunen darüber, dass es mir gelungen ist!

Ich verstehe den Begriff Integration nicht, ich bin doch Deutscher?

Das siehst du so, wird mir erklärt. Hierbei dient der Ausdruck so als Synonym für falsch und die Differenzierung du als einziger.

Ich verstehe das nicht: Ich bin hier, in einem Gießener Krankenhaus geboren. Den ersten Schritt habe ich auf diesem Boden getan, das erste Mal gespielt habe ich in den Straßen dieses Landes. Ich bin auf eine deutsche Schule gegangen, habe meine erste Vier in Mathe hier bekommen. Meine erste Prügelei war auf diesem Boden, den ersten Kuss und die erste Ohrfeige bekam ich in diesem Land. Hier habe ich zu denken gelernt, hier habe ich mich geborgen gefühlt. Das erste Mal habe ich mich mit der Politik dieses Landes befasst, egal wo ich war – Heimat war für mich immer hier.

Aber nein, das ist nur meine Sichtweise. Manche sehen mich gar als Bedrohung. „Gegen die Islamisierung des Abendlandes" Wir wollen das Deutschland Deutsch bleibt – Hä? Wenn Deutschland Deutsch bleiben soll, wieso werde ich als Deutscher dann angefeindet? Wieso wird auf mich, einen deutschen Jugendlichen mit dem Finger gezeigt?

Deutscher mit Migrationshintergrund – kurz und knapp. Wie wird man eigentlich Deutscher mit Migrationshintergrund? Ganz einfach. Die Eltern kommen außerhalb der Grenzen der EU – wobei es einige Ausnahmen gibt. Stammen die Eltern aus Frankreich, England oder USA ab, ist das noch in Ordnung. Polen oder Rumänien hingegen gehören der Kategorie mit Migrationshintergrund an. Jedenfalls bekommt alles, was aus Türkei, Saudi Arabien oder dem Iran stammt die Markierung mit Migrationshintergrund. Es klingt wie eine Warnung. Mein thailändischer Freund ist anders als ich mit neun Jahren hier her gekommen, auf den ersten Blick ist seine Herkunft klar – dennoch: Ihn fragt keiner, ob er sich hier heimisch fühlt oder wie er zu PEGIDA steht.

Erdogan will das Osmanische Reich wieder aufbauen und stellt damit eine Bedrohung dar, erklärt eine PoWi Lehrerin an unserer Schule Was denkst du darüber? Wie denkt jemand mit vernünftigem Menschenverstand darüber? Wobei vorher geklärt sein sollte, ob besagte PoWi Lehrerin berechtigt ist als einzige Quelle die Bild-Zeitung zu nutzen... Und damit hätten wir sowohl eine Bedrohung von außen als auch von innen, bestätigt die Dame eine Schülerin – zur Erklärung: Die Bedrohung bin ich.

Aber zum Glück haben wir die Kanzlerin: Der Islam gehört zu Deutschland – jetzt kann ich beruhigt einschlafen!

Ich dachte, dass es seit der Eroberung großer Teile Spaniens und der Gründung von Al Andalus um 1100 herum der Islam zu Europa und spätestens seit meiner Generation zu Deutschland gehöre – aber das ist wohl wieder meine Sichtweise. Tatsächlich mussten erst einmal die Redaktion eines Satiremagazins gestürmt werden und zwölf Menschen

sterben, damit das mit Gewissheit festgestellt werden kann.
„Wie steht ihr dazu", werden ich und mein Freund immer
wieder gefragt. Wie steht ihr dazu...ist hier denn eine
Trennung in ihr und wir möglich? Da sind zwölf Menschen
gestorben, verdammt!

Wieso soll ich das anders sehen als Johannes oder Julian?
Gleichzeitig wird oft geklagt, dass Mustafa nicht Deutsch
genug wäre – wie denn auch, wenn selbst bei der
selbstverständlichen Beurteilung von zwölf Morden „anders
sein" unterstellt wird. Und überhaupt – was ist denn daran
schlimm, ein wenig anders zu sein? Der eine heißt Jens, der
andere Ali. Die eine trägt Kopftuch, die andere trägt ihr Haar
lieber offen – na und?

Vielfalt aber wird auch nicht akzeptiert. Ihr habt so schöne
Haare bekommen dreizehn jährige Mädchen zu hören, wollt
ihr wirklich später Kopftuch tragen? Kopftuch ist nicht
zeitgemäß, meint mein Geschichtslehrer und gleichzeitig
Oberstufenleiter. Dass Christina immer ein Kreuz trägt
interessiert aber niemanden. Auffallen tut nur Fatma, das
Kopftuch-Mädchen und Roxana mit den grünen Haaren. Wie
haben sich deine Eltern eigentlich kennen gelernt? Spätestens
ab der achten Klasse wird das kein Schüler mehr gefragt –
außer Hasan und Ayse. Die werden auch noch im Abitur
Jahrgang danach gefragt.

Aber, wen man liebt, darf man auch nicht heiraten: Dein Vater
hat doch auch eine Frau geheiratet, die wie er Muslimin ist,
wettert mein Ethiklehrer!

Selbst bei der Fußball-Weltmeisterschaft ruhen alle Augen auf
Mit- Migrationshintergrund. Ich bin Deutschland- Fan! Ich bin
Spanien- Fan!

Ersteres lässt die Leute die Augen aufreißen und beinahe vom
Stuhl fallen: „Ehrlich? Du bist Deutschland-Fan?". Beim
zweiten misstrauisch und gleichzeitig an den Kopf gestoßen:
„Wieso bist du denn nicht Deutschland-Fan?". Bin ich Türkei-
Fan, also die Heimat meiner Eltern, ist es, als wäre ich ein
Lepra-Kranker! Dass Bradley und Francois nicht
Deutschlandfans sind, das ist verständlich! Die beiden müssen
aber auch nicht sagen, was sie von den Pariser Anschlägen

halten. Sie stellen sich als Bradley und Francois vor. Bradley spielt gerne Football und isst Hershey-Schokolade aus den USA. Francois spielt Fußball und isst gerne Butter-Croissants. Ich spiele gerne Saz und habe eine Vorliebe für Berliner mit Marmeladenfüllung. Mein Name ist…

Mein Name ist…

Nicht so wichtig, kommen wir gleich zum wichtigsten Teil. Darf ich vorstellen: Der Junge mit Migrationshintergrund.

Donnerstagmorgen

Ich öffne gähnend die Augen. Ich bin gestern Nacht zu spät eingeschlafen. Ich habe einen Text für die Hinterbliebenen der abgestürzten Germanwings Maschine geschrieben. Es ist eine Mischung aus einem Prosa-Text und einem Gedicht. Ich weiß aber noch nicht, wie ich ihn den Hinterbliebenen überbringen kann. Ich möchte Ihnen etwas schenken, eine Vorstellung, die sie vielleicht ein wenig tröstet.

Aber selbst wenn nicht – wir sollten öfter mal Opfern von Katastrophen gedenken, statt die Aufmerksamkeitsspanne einer Fliege zu besitzen. Aber wie soll das möglich sein, wenn im Hintergrund ständig WhatsApp Nachrichten auftauchen – Zeitung lesen? So langsam wird's lächerlich!

Ich versuche mich von diesen Gedanken zu lösen. Heute erscheint mein Artikel.

Zwei Stunden Später…

Lieber Arman,

ich habe soeben mit großem Interesse Ihren Artikel in der Gießener

Allgemeinen gelesen. Kompliment. Da komme selbst ich ins Grübeln, ob ich

nicht manchmal in falschen Kategorien denke. Vielen Dank für den

"Denkzettel" im wahrsten Sinne des Wortes.

MfG

Politisch-Korrekt

Wow, anscheinend hat mein Artikel doch einen Lehrer erreicht. Und was noch wichtiger ist – er scheint auch sein Ziel zu erreichen. Die Quintessenz scheint verstanden zu sein. Und es macht mich auch irgendwo stolz, von Herrn Politisch-Korrekt so ein Lob zu bekommen –

Auch wenn ich über das „Selbst ich" den Kopf schütteln muss.

Die Rückmeldungen von Mustafa und Thorsten haben mich bestärkt. Frau Rebell hat geschrieben, dass sie sich die Ausgabe in der Stadt kaufen wird und sehr gespannt darauf ist. Ich sehe auf die Uhr – Verdammt! Ich komme zur spät zur Arbeit! Plötzlich höre ich, wie die Haustür aufgeschlossen wird.

„Kompliment, mein Lieber! Das hast du gut gemacht!", Baba gibt mir den Artikel. Tatsächlich nehme ich eine gute halbe Seite ein. Mein Bild lässt zwar zu wünschen übrig, was mich aber schon längst nicht mehr kümmert.

Vielleicht ein bisschen.

„Guck mal! So ein Erfolg, und dann ärgert der Esel sich den ganzen Morgen schon wegen seines Fotos!", lacht meine Mutter.

Grinsend verlasse ich das Haus.

Seit Zwei Stunden bin ich nun auf der Arbeit. Ich stehe gekleidet mit weißen Hemd an der Theke. Mein Onkel ist mal wieder weg: „Ich fahre die Kinder heim".

Wie lang ist das her – Zwei Stunden. Ich beobachte die vorbei laufenden Menschen, ob einer von denen meinen Artikel gelesen hat?

Plötzlich taucht mein Vater auf. Lachend. Ich runzle die Stirn.

„Du glaubst nicht, wer mich angerufen hat", begrüßt er mich kopfschüttelnd.

„Wer?".

„Frau Toleranz!". Ich glaube ihm nicht: „Du scherzt".

„Nein".

„Baba, das kann doch nicht…".

„Sie war so geladen, hat gemeint, du würdest sie meinen und lächerlich machen...", ich fange an zu lachen. Ich lache so sehr, dass ich beinahe umfalle. Ich habe keine Namen genannt. Den Namen meiner Schule hat die Zeitung rausgenommen.

„Am Ende bin ich aber sauer geworden und hab sie zurechtgewiesen. Was denken Sie, was die Muslime seit Monaten in

Europa durchmachen? Ich dachte Satire soll überspitzt sein?".
Das dachte ich auch.

Ein wenig später...

„Hier, Arman", ruft Mister Fuchs mir zu. Ich esse gerade meinen Döner, als er sich zu mir setzt: „Gratulation! Ich habe deinen Text gelesen!".

Das ist schön und gut...?

„Und ich muss schon sagen – du hast es diesen Deutschen so richtig gezeigt!". Oh Gott. „Du hast meinen Text gelesen?", frage ich ungläubig. „Ich kann dir ein paar Sachen zeigen, die der Lehrer meiner Tochter über den Islam verteilt, dann kannst du darüber auch einen...".

Keiner scheint wirklich verstehen zu wollen, was ich eigentlich sagen wollte.

Irgendetwas ist da schrecklich schief gelaufen.

Eine Stunde später...

Ich setze mich. Ich möchte eine Pause einlegen, und dazu ein wenig meine Mails einsehen. Vielleicht hat sich außer Herrn Politisch-Korrekt ja noch jemand gemeldet?

Drei neue Nachrichten: Herr Politisch-korrekt und Herr Integrationsbeauftragter. Als nächstes ist der Herr Integrationsbeauftragter dran:

hi arman,

mannomann - da hat sich aber ganz schön was angestaut bei dir.

finde ich zumindest.

ich werde demnächst besser drauf achten, mir nicht mehr zu
oft auf die schulter zu klopfen!

schöne ferien
Herr Integrationsbeauftragter

Ich runzele die Stirn – was? Dann begreife ich – die Ironie
meines Textes scheint nicht angekommen zu sein.
„Ich provoziere gerne, das wisst ihr doch! So rege ich
gesellschaftliche Debatten an!"   Ich lasse mich nicht
provozieren.
Ich muss gestehen, ein wenig sauer bin ich schon. Er versucht
mich in die Rolle des frustrierten Ausländers zu stecken, der
getröstet werden muss, da hat sich aber was angestaut bei dir.
Ich glaube er sollte erst einmal lernen, dass Computer
Tastaturen auch Großbuchstaben hergeben. Ich leite die Mail
an meinen Vater weiter. Ohne Rücksprache tue ich gar nichts.
Nicht nachdem Frau Toleranz bei uns angerufen hat. Dann
klicke ich auf Herren König – und stutze:

Lieber Arman,
ich nehme mein Kompliment zurück, da Sie einige Sachen in
dem Artikel
über Lehrer unserer Schule behaupten, die einfach nicht
stimmen. Ich
erwarte eine journalistische Sorgfaltspflicht. Gegen diese
haben Sie
verstoßen. Muss ich mir jetzt im PoWi-Unterricht genau
überlegen, was ich sage?
Denken Sie noch einmal darüber nach, ob es richtig ist, wegen
eigener
Verletzungen oder empfundener Diskriminierung andere zu
verletzen oder zu disqualifizieren.
Herzl. Grüße von Politisch-Korrekt

Ich lache so laut, dass einer der Kunden sich zu mir umdreht.
Wow, was für eine Lawine ich ausgelöst habe! Und das mit
einem Text… Vor drei Stunden noch hatte er mich gelobt. Nun

disqualifiziert er mich, ohne mich anzuhören. Mir wird klar, dass die Lehrer untereinander einen Krisengipfel ausgerufen haben müssen. Woher sonst dieser plötzliche Sinneswandel und der an mich gerichtete Vorwurf einer Verleumdung? Und vor allem das Misstrauen darüber, was ich in dem Text angesprochen habe?

Ich leite auch diese Mail weiter. Ich bin mir nun über zwei Dinge sicher:

1. Ich muss aufpassen, was ich tue – deshalb die Rückkopplung mit meinem Vater.

2. An den paar Wörtern scheint doch etwas Wahres zu sein, ich muss einen Nerv getroffen haben.

Es ist nun 19:00 Uhr. Noch eine Stunde, dann bin ich fertig. Ich habe mich mit Thorsten verabredet, denn dieser Tag muss ein wenig gefeiert werden. Ich halte zum ersten Mal meine eigenen Worte in veröffentlichter Form in der Hand und zudem war ich erfolgreich in der beabsichtigten Provokation.

Weit erfolgreicher, als ich es je erwartet hätte.

Ich muss gestehen, dass ich ein wenig Ärger liebe. Es sei meinem jugendlichen Übermut geschuldet.

Nachdem ich die Mails meinem Vater weitergeleitet hatte, dauerte es nur wenige Minuten, bis er mich anrief. Ich solle bloß nicht antworten. Das Maß sei voll, und nun soll ich mich zurückhalten. Er hätte nun auch die Schulleitung benachrichtigt und etc. Ich muss bei dem Gedanken grinsen. Was für ein Aufruhr! Ich bin mir über den Wert dessen, was ich tue und tuen werde, nun noch entschlossener. Ich habe bekommen, was ich wollte: Endlich wird über dieses Thema in einem anderen Ton gesprochen – wenn auch nur an unserer Schule, bzw. in unserer Stadt. Herr Integrationsbeauftragter hat mir vor einer halben Stunde seinen Austausch mit meinem Vater weitergeleitet. Die Mail meines Vaters sah so aus: *Sehr geehrte Damen und Herren, ich bin etwas irritiert, wie wenig Verständnis man offensichtlich für Meinung bzw. Satire haben. Die Frage, was darf Satire? ist, glaube ich, genug in der letzten Zeit diskutiert worden. Wie tolerant sind wir?*

Wie weit sind wir bereit, Satire, wenn es gerade um uns geht, zuzulassen?

Dass man nicht einmal den Schulbeginn erwarten kann, um sich mit der Meinung des eigenen Schülers auseinanderzusetzen, finde ich höchst bedenklich.

Ein junger Schüler-Arman- setzt sich offen mit einer gesellschaftlichen Problematik, wohl angemerkt, satirisch auseinander und prompt, bekommt er höchst unpädagogischen und unprofessionellen Mails.

Zudem wird es ihm unterstellt, Verletzungen erlitten zu haben. Ich stelle mir vor, was wäre, wenn man jedem gesellschaftskritischen Text und den Autor so unter die Lupe nehmen würde. Ich behaupte: Satire darf überspitzen! und es ist auch gut so!!! Vielleicht kann man so auch unser eigenes Verhalten reflektieren.

Kollegiale Grüße

Ali Migrationshintergrund (Stolzer Vater von Arman Migrationshintergrund)

Ich sende Ihnen noch einmal ein paar Zitate von Herrn Politisch-Korrekt und Herrn Pntegrationsbeauftragter. Dabei handelt sich um Mails, die heute an meinen Sohn gerichtet waren und bitte die Kollegen, solche ungeschickte Kommentare zu unterlassen!

Dann hat er jeweils die Mails von Herrn Politisch-Korrekt und Herrn Integrationsbeauftragter eingefügt. Er war so wütend, dass er einige Schreibfehler eingebaut hat, z.B. statt Integrationsbeauftragter Pntegrationsbeauftragter. Aber sofort hat er eine neue Mail geschickt, in der er sich für seine Schreibfehler entschuldigt hat. Herr Integrationsbeauftragter antwortete:

lieber herr Migrationshintergrund,

das kann ja mal passieren. allerdings bin ich etwas irritiert, dass nicht arman mir antwortet, sondern sein stolzer vater.

herzliche grüsse

Das hat er dann an mich weitergeleitet. Armer Herr Integrationsbeauftragter! Dass er wirklich glaubt, dass ich darauf anspringen werde, allerdings bin ich etwas irritiert, dass nicht arman mir antwortet, sondern sein stolzer vater. …

Keine einzige Mail, in der mich jemand auffordert, sich mit ihm hinzusetzen und geradezustehe; mich zu erklären. Keiner scheint sich gefragt zu haben: Hey, wie kommt es denn dazu, dass ein Jugendlicher so etwas schreibt? Oder Erzielt unser Handeln diese Wirkung? Könnte es denn möglich sein, dass ich tatsächlich falsch gehandelt habe?

Naja, vielleicht habe ich ja Glück und auch die Kanzlerin meldet sich bei mir. Sie wurde schließlich auch indirekt zitiert. Und wiedergeben, was andere sagen – unterstehe dich!

Thorsten und ich setzen uns.

„Tja, sag den Truppen sie sollen abziehen. Dein Herrscher und Gebieter braucht keinen Schutz!", prahle ich. Thorsten zeigt mir grinsend den Mittelfinger.

„Junge Junge, wieso spielen die sich so auf! Die denken auch, die ganze Stadt würde jetzt mit dem Finger auf die zeigen und so ein Scheiß!". Er schüttelt wütend den Kopf: „Die tun so, als würden die Präsidenten dieser Stadt sein und jeder würde im Text nach denen suchen und so was. Junge die sollen sich mal abregen! Die würden jeden anderen aushängen und beglückwünschen, aber bei dir machen die sowas…". Ich nicke.

„Aber vielleicht hättest du wirklich warten sollen! Die werden bestimmt dir jetzt schlechtere Noten geben, irgendwie versuchen deine Arbeiten anders zu bewerten und sowas". Ich winke ab: „Ach Quatsch, das sind meine Lehrer. Sie werden sich schon wieder abregen". Ein Grinsen umspielt meine Lippen: „Niemand kann lange sauer auf mich sein!".

Es ist 22:15 Uhr. Thorsten und ich wollen uns gerade auf den Heimweg machen, als Mustafa anruft.

„Digga, wo seid ihr? Ich komme auch!".

Thorsten ist sehr begeistert von meinem Text. Als Mustafa eintrifft, verlangt er, den Text noch einmal zu lesen. Trotz wiederholten Lesens bricht er in schallendes Gelächter aus. Ich beobachte ihn. Er kennt den Schmerz und die Schmähung, die viele muslimische Jugendliche ertragen müssen. Herr Integrationsbeauftragter hatte mal herum erzählt, dass Mustafas Familie seiner Schwester die Klassenfahrt verbieten würde. Was nicht gestimmt hatte, dieses Mädchen spielt Fußball in einem Verein und – man glaubt es kaum – sie kann tatsächlich auch zu ihrer Meinung stehen!

Und das trotz Kopftuch?

Ja, liebe Frau Weltretterin.

Wir lachen und scherzen rum.

„Jungs, vielleicht trennen uns unsere Wege an dieser Stelle. Es wird nicht einfach – an jeder Ecke lauern Gefahren. Man munkelt, dass Frau Toleranz sich sogar mit Erzfeind Putin zusammengetan hat, um mich zu jagen…". Es ist deshalb so witzig, weil Frau Toleranz immer wieder gegen Putin wettert – was aber auch mittlerweile ein Trend ist: Putin und Erdogan – ich bin mal gespannt, wer in den nächsten Jahren dazu kommt. „Angeblich, sie hat Erdogan zur Rede gestellt…". Es geht die ganze Zeit so weiter. Ich biete ihnen Autogramme an und als wir später im Auto sitzen halte ich die Hand aus dem Fenster und winke imaginärem Publikum auf dem Bürgersteig zu. Nachdem wir Thorsten zuhause abgesetzt haben, parkt er und kurze Zeit herrscht Schweigen.

„Junge du bist richtig dumm!", meint er dann. Ein amüsiertes Grinsen umspielt meine Lippen. Ich ahne, was jetzt kommen wird. „Wieso das denn, seine Klugheit?".

„Weil du das jetzt machst! Du beginnst eine Karriere als Schriftsteller und so, du schreibst Texte die aus der Seele vieler Leute sprechen – aber du machst das viel zu früh! Digga, du musst erst mal dein Abi machen, dann!".

„Unwichtig", erkläre ich.

„Was?".

„Spielt keine Rolle".

„Du bist so ein Vogel! Digga…".

„Wovor soll ich Angst haben? Ich will mit mir selbst im Reinen sein, Digga ich befinde mich nicht auf einem Kreuzzug gegen die Lehrer oder so! Ich schreibe und bewerte nur, was sich einige von ihnen erlauben! Verdammt nochmal du weißt doch selbst, wie viele Kinder es da draußen gibt, die sich nicht wehren können! Wie viele sich nicht äußern können! Satire sagen sie doch immer, oder? Hier habt ihr eure Satire! Es gibt ein gesellschaftliches Problem, und das spreche ich an – das ist mein Recht, verdammt nochmal! Ich werde mich nicht zurückhalten oder etwas dergleichen. Außerdem – was soll mir passieren? Digga ich habe nicht eine Revolution gestartet oder so ein Müll, ich hab einfach nur ein Problem angesprochen und etwas aus meiner eigenen Erfahrung erzählt – wenn die mich dafür kreuzigen wollen, bitte schön!".

Mustafa schüttelt den Kopf, aber ich sehe, dass er mir Recht gibt.

„Denkst du, Herr Integrationsbeauftragter würde sich so viele Andeutungen und sowas erlauben, wenn er wüsste, dass seine Gegenüber Eltern haben, die deutsch sprechen? Viele wollen, dass die Ausländer in der Opferrolle stecken und sie uns immer trösten und helfen – Du und ich, wir brauchen keinen Herr Integrationsbeauftragter, der uns dabei hilft, uns zu integrieren – wir SIND Teil dieses Landes, das müssen die endlich begreifen".

Eine Weile ist es still. Dann sagt er: „Junge, ich bin richtig stolz auf dich, Bruder! Du hast vielen eine Stimme gegeben...".

„Junge typische Ausländer – gleich übertreiben! Das ist nur ein Artikel in einer Zeitung, also bleib ruhig. Aber Digga das ist unsere Heimat, wir sind Teil dieses Landes. Ich hoffe so sehr, dass ein anderes Schreibtalent meine Text gelesen und jetzt selbst einen schreibt! Was denkst du warum so viele Kinder aggressiv werden? Du wirst von beiden Seiten zerquetscht – jeder meint es besser zu wissen, und jeder sagt uns: Du bist nicht... Und das lassen wir uns nicht mehr bieten".

Ich atme aus: „Ich schwöre dir mir geht es nicht um mich oder darum, den Lehrern eins auszuwischen – Mir geht es um die vielen Kinder, die zwischen diesem Kulturkampf verloren gehen!".

Dann winke ich nach vorne: „Und jetzt: Fahr los!

Es ist Viertel vor Eins, als ich zu Hause ankomme.

„Herr Politisch-korrekt hat sich entschuldigt und möchte mit uns morgen reden. Wir treffen uns um Zehn Uhr morgens", verkündet Baba. Ich hebe die Augenbrauen: „Tja, kaum wird die Schulleitung benachrichtigt…".

Samstag

Ich bin sehr müde, aber Baba ist nun mal ein Wecker, den man durch die Schlummer Taste nicht übergehen kann. Ich verrichte das Gebet, schnappe mir ein Nutella Brot und wir fahren los.

„Denk daran, wir haben mit niemandem ein Problem! Wir führen hier keinen Krieg!".

Ich nickte. Das Schlachtross bleibt also im Stall, das Schwert in der Scheide – nur der Sprengsatz im Kofferraum, man kann ja nie wissen.

Später…

Die Rückmeldung(mit ausgenommen der Lehrer) war von allen eindeutig: Klasse! Auch Leon und Piet haben mich gelobt, nicht nur Mustafa und Hakan.

Trotzdem bin ich ein wenig traurig. Denn nicht nur meine Lehrer, sondern auch Verwandten haben geistig kapituliert. Herr Politisch-korrekt war der einzige, der sich mit uns hingesetzt und über den Inhalt gesprochen– und sich entschuldigt hat. Ich habe großen Respekt vor ihm. Tatsächlich hatte mein Vater Recht, als er ihn mir gegenüber gelobt hatte.

Aber es wird Zeit für einen letzten Text, der sich mit diesem Thema auseinandersetzt. Denn wie mein Vater gesagt hatte: „Für dich ist es jetzt vorbei – wer an einer Stelle verweilt, der kommt nicht weiter. Du hast gesagt, was du sagen wolltest und lässt es in diesem Text". Nur noch ein letzter.

Abends…

Ich setze den letzten Punkt. Dann atme ich einmal durch, bevor ich ihn meinem Vater zur Zensur vorlege und anschließend an die Zeitung schicke, lese ich ihn ein letztes Mal durch:

Ein Text. 1126 Wörter. Satirisch geprägt, kritisch und erschienen als Gastkommentar am 3.04.2015. „Darf ich vorstellen", von mir, einem sechzehn Jährigen Schüler. Man könnte meinen, dass die Gesellschaft stolz auf seinen Jugendlichen sein dürfte, der kritisch hinterfragt und Gesellschaftliche Probleme öffentlich auf satirische Art und Weise anprangert. Wird uns, der Jugend nicht immer vorgeworfen, wir seien politisch zu passiv? Wird von den Einwanderern nicht verlangt, dass sie sich auf dieses Land konzentrieren und nicht sich wie fremde benehmen? Wird den Muslimen seit Monaten nicht vorgeworfen, sie könnten nicht Satire verstehen, ja sogar Kritik vertragen?

„Je suis Charlie" – schmückte Läden Fenster, Plakate auf Demonstrationen ja sogar die Facebook Titelbilder vieler zwölf Jähriger, die nicht mal wussten, dass es sich hierbei nicht um einen Schauspieler aus Hollywood handelte – bis der Hype vorbei war. Schon ist Je suis Charlie vergessen. Zwei Monate ist dieser grauenvolle Anschlag nun her – und doch scheint es, als würden Jahre vergangen sein.

Jedenfalls was den Anschlag selbst anbelangt. Die bösen und gefährlichen Muslime, welche das christlich-orthodoxe Abendland unterwandern wollen, die sind dem Universum zum Dank noch nicht vergessen.

Das hast du toll gemacht, höre ich von Onkel Kemal. Super, jetzt haben wir es den deutschen aber so richtig gezeigt! Jetzt kriegen dies zurück, und zwar mit ihren eigenen Waffen!

Wie bitte?

Opa Hasan stimmt ihm zu. Naja, aber du siehst nicht alles, Kemal! Weist er diesen zurecht. Ich horche auf. Endlich einer, der die Quintessenz verstanden hat! „In dem Artikel kommt es so rüber, als wolltest du unbedingt ein Deutscher sein!". Ich habe mich geirrt. „Wir sind nicht wie die, vergiss das niemals!

Die sind anders. Wir sind aus der Türkei, wir können niemals mit denen eins sein!"

Doch auch von der anderen Seite werde ich verurteilt. Ich wäre unsachlich geworden und hätte übertrieben. Ich komme irgendwie nicht ganz mit, lebt Satire denn nicht von Überspitzung? Eine Mischung aus Übertreibung und Provokation, gewürzt mit Ironie? Was darf Satire und was nicht? Diese Frage wurde doch schon bis zum Würgen ausdiskutiert. Schon Kurt Tucholsky beantwortete 1919 diese Frage mit: Alles. Aber vielleicht habe ich ja Glück. Womöglich meldet sich auch die Kanzlerin bei mir! Denn irgendwo wird sie sich bestimmt auch finden.

„Ach wir armen Ausländer, die habgierigen Deutschen haben uns alles genommen! Sie haben uns ausgebeutet...", Schwachsinn! Diese Opferrolle nehme ich nicht ein und ich singe auch nicht die Hymne dazu. Dieses Lied wurde vielleicht von der Generation der Gastarbeiter gesungen, die man nach getaner Arbeit wieder loswerden wollte. Nicht aber von dieser Generation. Es gibt nicht mehr den armen Mehmet, der von Onkel Hans getätschelt werden muss, weil er sich nicht äußern kann. Aber immerhin, so wurde mir versichert, brauche ich keine Angst vor Benachteiligungen brauchen, die der Text nach sich ziehen könnte. Hiermit warne ich jeden Satiriker: Achtung Achtung, bloß keine Kritik ausüben! Und selbst wenn ihr eine Meinungsäußerung wagen solltet, dann braucht ihr (hoffentlich) keine Konsequenzen zu befürchten!

In welcher Zeit leben wir, bitte?! Freies Meinungsrecht, verankert im Grundgesetz. Mehr Beteiligung an öffentlichen Fragen, gefordert von Erwachsenen. „Ihr Jugendlichen, euch ist doch alles egal", wird mir vorgeworfen. Wenn ihr uns doch bloß mal lassen würdet...

Ich führe keinen Krieg, lieber Onkel Kemal. Hier geht es nicht um einen Wettbewerb um den ersten Platz und wir befinden uns auch nicht auf einem Schachbrett, wo jeder seinen nächsten Zug genau plant, um den gegenüber Matt zu setzen. Und nein, lieber Opa Hasan, ich versuche mich nicht lieb Kind zu machen. Ich bin aber auch kein Opfer der Gesellschaft, das Zuhause sitzt und über die bösen Deutschen jammert! Ich bin ein deutscher Jugendlicher, der kritisch hinterfragt und ein Gesellschaftliches Problem anprangert. Den Text verstehen nur der unpolitische Max und der depressive Mehmet. Wer weiß, womöglich steht schon bald ein neues Begräbnis an und bis dahin – Je suis Satire!

Ich lehne mich zurück. Und grinse.

Epilog

2 Jahre später...

Lachend klappe ich das Tagebuch zu. Böse, bissig, nüchtern, niederschmetternd ehrlich, pubertär.

Und: Ziemlich große Klappe.

Mir kommt es vor, als wäre ich um ein Jahrzehnt gealtert – als wäre dieser pubertäre Junge mein kleiner Bruder.

Mein Englisch ist besser geworden, die überschüssigen Pfunde sind beinahe weg, meinen Frieden habe ich mit allen Lehrern gemacht, lese inzwischen mehr als drei Bücher in drei Monaten und spiele kein Klavier mehr (Gott sei Dank).

Ach und meine Verbindung zur Mathematik bleibt auch nach der Schule noch bestehen – jetzt treffen wir uns jedes Mal in der Einführung in die Logik Vorlesung.

Aber was die Probleme anbelangt – sie bestehen nach zwei Jahren nicht nur noch immer, sondern sie haben noch stärkere Auswüchse genommen.

(Ein Veränderung gibt es doch: Herr Dutch spricht mich nicht mehr im Assi-Slang an. Hierzu war nur ein: „Herr Dutch, bitte sprechen Sie mich nur noch in korrektem Deutsch an! Ich verstehe Sie tatsächlich auch dann noch.").

Ich bin sie nicht richtig angegangen, nur an ihrer Oberfläche gekratzt. Sie anzusprechen reicht nicht aus – es muss tiefer gehen. Sie erkunden, sie an ihren Wurzeln packen, um sie dann vielleicht, vielleicht zu entwurzeln und so Platz für neues zu schaffen.

Und: Flüchtlinge, Trump, Merkel – Ich bin nicht mehr das Problem.

Einsamkeit, Verflachung und lauter unglückliche Menschen - Seufzend klappe ich den Laptop auf.

So viel Neues kennen gelernt, so viel Neues herausgefunden – so viele neue Eindrücke gesammelt.

Neue Farben sind in Kästchen – *mehr*dimensionale Konturen geben sich zu erkennen.

Und ich habe den Unterschied zwischen den vielen ausgewachsenen Mädchen und den wenigen, richtigen Frauen kennengelernt.

Es wird Zeit für ein neues Tagebuch.

Nachwort

Bevor ich zu den Menschen komme, denen ich zu Dank verpflichtet bin, möchte ich noch etwas loswerden:
Dieser Tagebuch-Roman ist selbstverständlich ein *satirischer*(!) Text und ich hoffe, die Überspitzungen im Roman oder die eigenen Emotionen beim Lesen trüben nicht den Blick, den dieser Roman verschaffen soll. Auch sollen bei der Beurteilung der Perspektive die vielen Kritikpunkte erkannt werden, die durch den Protagonisten selbst zum Vorschein treten, z.B. fängt er mit dem Gebet an, und hält sich am nächsten Tag nur schwer vom Schwänzen ab, usw. Selbiges gilt für die gewählte Sprache: Ich habe mich bewusst entschieden z.B. die Schüler in der Sprache sprechen zu lassen, die tatsächlich an deutschen Gymnasien vorherrschend ist. Wie soll nun ein Jugendlicher, der in einer solchen Sprache spricht und womöglich denkt, Goethes Faust lesen und verstehen?

Ich stehe selbstverständlich für Fragen oder Anregungen unter der folgenden Emailadresse zur Verfügung:
ammar98@outlook.de
Jeder ist herzlich eingeladen, mir zu schreiben.

An erster Stelle danke ich meiner Familie. Ohne ihr Feedback, ihre Ideen und die vielen Gespräche wäre ich wohl nie zum Schreiben gekommen – geschweige denn zu diesem Roman. Ich wünsche jedem eine solche Familie, die stärkste, wertvollste und verlässlichste moralische Stütze, die ein Mensch haben kann.
Ich danke meiner lieben Frau Schäfer – Sie haben nie aufgehört meine kritische Deutschlehrerin zu bleiben: Ohne eine Gegenleistung zu verlangen, auch außerhalb dieses Romans, haben Sie viele Texte von mir gelesen und mir wertvolle Tipps gegeben.

Dankbar bin ich auch dem Autor Utz Rachowski, den ich durch einen Vortrag an unserer Schule kennen gelernt habe. Er hat seine Erfahrung mit mir geteilt und mir von Beginn mit Rat und Tat beigestanden. Außerdem ist er mir ans Herz gewachsen.

Und ganz besonders danke ich meinen beiden engsten Freunden, Thomas und Chanathip. Obwohl das Lesen selbst nie ein beständiger Teil ihrer Freizeit war, haben sie alle meine Texte gelesen und mich unterstützt.

Sollten Sie über diesen Roman ernsthaft nachdenken und den angesprochenen Problemen auf Ihre Weise versuchen entgegenzuwirken – dann danke ich auch Ihnen!